tatort

Bevor es dunkel wird

Dieses Buch ist ein Roman. Handlungen und Personen sind frei erfunden. Ähnlichkeiten mit lebenden oder toten Personen sind rein zufällig.

tatort

Bevor es dunkel wird

Kriminalroman von
Uli Aechtner nach
einem Drehbuch von
Henriette Piper

emons:

Mix
Produktgruppe aus vorbildlich bewirtschafteten Wäldern und anderen kontrollierten Herkünften
www.fsc.org Zert.-Nr. GFA-COC-001223
© 1996 Forest Stewardship Council

Agentur: WDR mediagroup licensing GmbH
Kriminalroman nach der gleichnamigen ARD-Serie »Tatort«
ARD-Tatort-Koordinator: Prof. Gebhard Henke,
Leiter des WDR-Programmbereiches Film, Kino und Serie
Tatort-Drehbuchautorin: Henriette Piper
Umschlagfoto: hr / Bettina Müller
Umschlaggestaltung: Weusthoff-Noël, Hamburg (www.wnkd.de)
Druck und Bindung: CPI – Clausen & Bosse, Leck
Printed in Germany 2010
ISBN 978-3-89705-662-6

Wir bedanken uns bei Henriette Piper und der Redaktion des Hessischen Rundfunks für die freundliche Unterstützung.

Die Titelabbildung zeigt Andrea Sawatzki als Oberkommissarin Charlotte Sänger und Jörg Schüttauf als Hauptkommissar Fritz Dellwo.

PROLOG

Die Haut einer Orange ist etwas Besonderes. Dieser feine feuchte Film, der austritt, wenn man sie einritzt. Das ätherische Öl, das in feinsten Perlen aus ihr herausspritzt, wenn man sie zusammendrückt. Dieser aromatische Duft, den sie verströmt, wenn sie zerstört wird.

Die Haut einer Orange hat mit der menschlichen Haut viel gemeinsam. Nicht nur diese gewissen Dellen, vor denen manche Frauen tödliche Angst haben, nein. Auch die … Konsistenz.

Wenn man mit einer Injektionsnadel etwas in menschliches Gewebe spritzt, dann muss man den gleichen Widerstand überwinden wie bei einer Orange. Und man darf nicht zu zögerlich vorgehen. Locker aus dem Handgelenk heraus zustechen, leicht und spielerisch, und sofort stoppen, wenn man spürt, dass man durch ist.

Durch diese schützende Haut.

Ganz einfach ist es nicht. Denn sie wehrt sich, die Haut. Die menschliche Haut wehrt sich gegen eine Nadel wie die Haut einer Orange.

Krankenpfleger und Krankenschwestern, auch angehende Ärzte machen sich das zunutze, indem sie an einer Orange üben, einem Menschen eine Spritze zu setzen.

Übung macht bekanntlich den Meister.

Man kann alles Mögliche hineinspritzen – in eine Orange. Aber nicht nur in eine Orange.

EINS

Im Hof vor der Baracke der Frankfurter Tafel begann der Betrieb in aller Frühe. Die ersten Kunden warteten bereits geduldig in einer langen Schlange. Waren wurden angeliefert und hineingetragen: Milch, Brot, Gemüse, Salat. Kisten voller leuchtender Orangen schienen förmlich durch die Luft zu schweben.

Die Szene glich einem gut einstudierten Ballett – einem, das die Frau mit den langen mittelblonden Haaren, die wie all die anderen friedlich auf das Austeilen der Lebensmittel wartete, allerdings nicht sehen konnte. Sie war an die vierzig, trug eine dunkle Sonnenbrille und umklammerte einen weißen Stock. Einen Blindenstock. Ihre Haltung war dennoch selbstsicher. Sie schien gut allein zurechtzukommen.

Ein hoher Stapel Obstkisten wurde zur Laderampe geschoben, obenauf lagen Orangen. Ein freiwilliger Helfer übernahm ihn und hievte ihn in den Kleinlaster, den die Firma Schottmüller und Söhne gesponsert hatte, dann rauschte der Laster vom Hof. Der Firmenname stand groß auf dem Auto. »Tue Gutes und rede darüber«, das war bei einigen der Sponsoren ein beliebtes Motto. Aber beileibe nicht bei allen.

1995 hatte eine bodenständige Kauffrau die Frankfurter Tafel gegründet: Hella Schmieder. Sie war damals bereits fünfundsiebzig Jahre alt. Am Anfang war sie ganz auf sich gestellt gewesen, holte mit dem Taxi übrig gebliebene Brötchen beim Bäcker ab und brachte sie den Obdachlosen. In anderen Städten gab es zu der Zeit bereits ähnliche Organisationen. Die Idee, die dahintersteckte, war denkbar einfach: Nicht alle Menschen haben täglich etwas zu essen. Und dennoch gibt es in unserer Konsumgesellschaft Lebensmittel im Überfluss – Lebensmittel, deren Haltbarkeitsdatum abgelaufen ist, Lebensmittel, die weggeworfen werden. Vieles davon ist noch einwandfrei und landet trotzdem im Müll. Und dann gibt es – auch in der Bankenstadt Frankfurt – Menschen, die diese Lebensmittel gebrauchen können.

Die Tafel holt in Hotels und Gaststätten, bei Bäckern und Betrieben überzählige, zu viel produzierte oder vom Mindesthaltbarkeitsdatum bedrohte Lebensmittel ab und verteilt sie an Bedürftige und Wohnsitzlose. Mehr als sechzig Tonnen Lebensmittel im Monat, sieben Lebensmittelausgaben quer durch die Stadt, über hundert ehrenamtliche Helfer und Helferinnen. Jeden Monat bekommen fast fünfzehntausend Menschen Nahrungsmittel von der Frankfurter Tafel.

Soeben trug ein Kunde eine Kiste mit Obst davon, auch dieses Mal leuchteten obenauf Orangen. Der Mann hatte die Kiste geschultert und ließ sie in Augenhöhe an den Wartenden vorbeischweben. Die Frau mit dem Blindenstock stand immer noch geduldig in der Warteschlange, ihre Hände ruhten an den Riemen ihres Rucksacks. Während die Blicke der anderen der Kiste folgten, atmete sie nur tiefer ein. Gerade so, als würde sie den Geruch des Obstes einsaugen.

Das Dröhnen eines Motors zerriss plötzlich die Stille. Ein junger Mann parkte seinen Porsche so flott wie passgenau auf dem Hof ein. Schwungvoll warf er die Fahrertür zu und schritt, einen Aktenordner unter dem Arm, schnurstracks auf das Gebäude zu, in dem die Schuldner- und Insolvenzberatung der Stadt ihre Büros hatte.

Neidvoll betrachtete einer der Tafelkunden den Wagen. »Den würd ich lieber nehmen statt der abgelaufenen Joghurts!«, spottete er.

»So ein Auto würd ich auch mal gern fahren!«, bestätigte seine Nachbarin.

Eine energiegeladene Frau mit kurzen dunklen Haaren und klaren Gesichtszügen erschien in der Tür der Baracke und sah sich kurz um.

»Der Nächste bitte!« Ihre Anweisung klang ein wenig streng, etwa wie ein Aufruf im Wartezimmer des Zahnarztes. Fehlte nur noch das Versprechen, dass es nicht wehtun würde. Aber die hier Wartenden hatten sich an Regine Schottmüllers Ton gewöhnt. Sie gehörte zum Organisationsteam der Tafel und half schon lange mit. Und wie immer war die Vierzigjährige viel zu vornehm angezogen – gemessen an dem, was sie hier zu tun hatte. Ihre modische Lammfelljacke und der kleine Brillantanhänger, der an ihrem Hals baumelte, verrieten, dass sie einer gehobeneren Schicht angehörte, die getrost im Feinkostgeschäft einkaufen konnte, weil sie keinerlei Geldsorgen kannte.

***

Charlotte Sänger stand im Wohnzimmer am Fenster, in der Hand eine Tasse Kaffee, und sah gedankenverloren in den heller werdenden Morgen hinaus. Vor dem Haus schob sich ein Müllwagen durch die Straße, um vor einem riesigen Sperrguthaufen stehen zu bleiben. Drei Arbeiter sprangen vom Wagen. Ein Sessel, eine Couch und jede Menge Kleinkram flogen in hohem Bogen in das riesige Maul des Fahrzeugs. Sekunden später zerkleinerte der Schredder im Inneren die Gegenstände mit ohrenbetäubendem Krachen. Flugs flog eine Stehlampe hinterher und verschwand im Sperrmülllastermaul.

Charlotte wandte sich ab.

Sie sah sich im Zimmer um. Hier schien die Zeit stehen geblieben zu sein. Die Möbel mit den klaren Fronten stammten aus den sechziger Jahren, die Tütenstehlampe hatte unverkennbar ein Jahrzehnt mehr auf dem Buckel. Zu allem Überfluss funktionierte sie nicht mehr.

Charlotte seufzte. Hier gab es so viel, was sie wegwerfen müsste.

Noch immer lebte Charlotte in ihrem Elternhaus. Ihr Vater und ihre Mutter waren in diesem Haus grausam gestorben, und dennoch schaffte es Charlotte nicht, sich von dem Haus zu trennen, einen Strich unter die Vergangenheit zu ziehen und sich woanders eine Wohnung zu suchen. Die obere Etage, in der die Eltern zuletzt gelebt hatten, hatte sie vorübergehend ihrem Kollegen Fritz Dellwo vermietet, für einen allein war das Haus viel zu groß. Obwohl es ein einfaches Haus war. Ein einfaches Haus in einem kleinbürgerlichen Vorort von Frankfurt am Main.

Charlotte war jetzt Mitte dreißig. Eigentlich hatte sie Archäologie studieren wollen. Doch dann war sie an eine Spurensuchtruppe der besonderen Art geraten – an die Kriminalpolizei. Das Wirtschaftsdezernat war ihre erste Station gewesen, danach hatte sie freiwillig zur Mordkommission gewechselt. Ein harter Arbeitsplatz, aber Charlotte war hartnäckig und ehrgeizig genug, um ihn auszufüllen. Mittlerweile war sie Oberkommissarin der Ermittlungsgruppe 3 der Frankfurter Mordkommission, kurz: MK3.

Ein Stockwerk über Charlotte, sozusagen über ihrem Kopf, suchte Hauptkommissar Fritz Dellwo in diesem Moment seine Socken. Er war gerade aufgestanden und dabei, sich anzuziehen. Sorgenvoll beugte er sich über den Wäscheständer, den er vor dem Schlafzimmerfenster platziert hatte.

»Diese Waschmaschine frisst Socken!«, stellte er beunruhigt fest.

Noch ein suchender Griff an den Wäscheständer. Keine Spur von seinen Socken, nirgends.

Dellwo ließ seinen Blick durchs Zimmer schweifen, an den Ehebetten blieb er hängen. Was waren das nur für altmodische Kähne, diese düsteren Holzbetten mit ihren hohen Kopf- und Fußteilen!

Charlotte hatte ihm die Wohnung möbliert überlassen, nun lebte er umgeben von düsteren verstaubten Dingen aus einer Vergangenheit, die nichts mit ihm zu tun hatte. Dies war das Schlafzimmer von Charlottes verstorbenen Eltern gewesen. Wie trostlos es war. Und trotzdem: Er musste Charlotte dankbar sein, dass sie ihn aufgenommen hatte, als es mit seiner Frau auseinanderging.

In das rechte Ehebett kam plötzlich Bewegung. Das Plumeau bebte, ein Frauenbein schlüpfte darunter hervor und streckte sich elegant zur Decke. Das Bein gehörte Dellwos Freundin Eva. Und die Socke an Evas Bein gehörte Dellwo.

»Guten Morgen!«, sagte Eva fröhlich.

»Guten Morgen, Eva«, erwiderte Dellwo und forderte kühl und sachlich in gespieltem Kommissarton: »Kann ich bitte meine Socken wiederhaben?«

»Hol sie dir!« Eva kicherte wohlig.

Dellwo stürzte sich auf sie und begann ihr die Socken auszuziehen. Eva schlang lachend die Arme um seinen

Hals und versuchte ihn zu sich ins Bett zu holen. Das wiederum stimmte ihn fast zärtlich, und er beugte sich zu ihr hinunter, um sie zu küssen. Leider war seine Bewegung zu stürmisch für die beiden alten Ehekähne. Krachend rutschten sie um eine Armeslänge voneinander weg.

»Das ist hier echt 'ne Gruft!«, beschwerte sich Eva.

»Ich muss wirklich los«, antwortete Dellwo lakonisch. Er versuchte, sich von Eva zu befreien und aus dem Bett zu kommen.

»Quatsch. Es ist doch noch gar nicht so spät!« Eva griff nach der alten Uhr, die auf dem altmodischen Nachttisch stand, und betrachtete sie mit einer Mischung aus Amüsement und Grusel. Die Uhr war stehen geblieben. Eva schüttelte sie ein wenig. Sie klapperte altersschwach, als würde sie gleich auseinanderfallen.

»Nicht anfassen!«, beschwor Dellwo sie eindringlich. »Du darfst alles anfassen, nur nichts, was hier rumsteht!«

Zu spät. Scheppernd löste sich die Uhr in ihre Bestandteile auf.

***

Die Warteschlange vor der Baracke der Mittagstafel war länger und länger geworden. Um Gedränge zu vermeiden, wurden die Kunden einzeln in die Baracke hineingerufen. Drinnen warteten bereits vorgepackte Tüten mit Gemüse und Obst auf die Bedürftigen, säuberlich aufgestapelt auf einem Tisch. Hinter dem Tisch standen Mitarbeiter der Tafel und fragten die Leute, wie groß ihr Haushalt war, wie viele Personen sie zu ernähren hatten, ob sie Salat mochten, Fleisch aßen und wenn ja, welches, und auch, ob sie dunkles oder helles Brot bevorzugten.

Schließlich wäre es eine Katastrophe gewesen, wenn die Leute von den Lebensmitteln, die man vor dem Wegwerfen gerettet hatte, ihrerseits einen Teil wegwerfen würden.

Heute hatte Mechthild Stemmler die Aufgabe, die Sachen auszuteilen. Andere Helfer brachten immer neue Tüten herbei. Zwei bis drei Tragetaschen voll Lebensmittel durfte jeder mitnehmen. Dazu musste man lediglich den Frankfurt-Pass vorlegen, einen Ausweis, den die Sozialrathäuser der Stadt Menschen mit wenig Einkommen ausstellten. Und man musste einen Euro bezahlen. Diese symbolische Summe war eine Geste des Respekts. Respekt gegenüber der Ware, vor allem aber Respekt gegenüber den Kunden, die sich nicht als Almosenempfänger fühlen sollten.

Nun war die Frau mit dem Blindenstock an der Reihe. Mechthild war mit ihr befreundet. Sie hieß Anne Zimmer, war Frührentnerin und kümmerte sich gelegentlich um Mechthilds Kinder.

»Und, wie ist Timmys Mathearbeit gelaufen?«, fragte Anne und lächelte.

»Er hat sie noch nicht zurück«, erwiderte Mechthild, »aber er hatte ein gutes Gefühl. Danke, dass du mit ihm gelernt hast!«

»Na ja, blind ist ja nicht gleich blöd!« Ein spöttisches Lächeln spielte kurz um Annes Mund.

Mechthild half ihr, den Inhalt von zwei Tüten in ihren Rucksack umzupacken. Eine Orange machte sich selbstständig und kullerte über den Tisch. Mechthild fing sie geschickt auf und reichte sie Anne.

»Komm doch mal wieder vorbei!«, flüsterte sie ihr dabei leise zu. »Ich muss dir was erzählen. Was Schönes …« Ihre großen Augen strahlten.

Während Mechthild sich schon um den nächsten Kunden kümmerte, schulterte Anne ihren schwer beladenen Rucksack und nickte lächelnd. Dann wandte sie sich zum Gehen und verließ die Baracke. Routiniert ertastete sie sich ihren Weg, rhythmisch sprang der Blindenstock vor ihr auf und ab, immer im Halbkreis vor ihr her.

Draußen, an der frischen Luft, atmete Anne tief durch. Mechthild wollte ihr etwas Schönes erzählen.

Etwas Schönes!

Die beiden Worte breiteten sich in ihrem Hirn aus. Nach einer kleinen Weile schienen sie in ihrem Kopf allen Platz einzunehmen.

Sie blieb abrupt stehen, als ein Auto an ihr vorbei vom Hof rauschte. Dem Motor nach war es ein Sportwagen. Es hätte nicht viel gefehlt, und das Auto hätte sie erfasst.

***

Jan Gröner, Kriminalbeamter beim MK3, achtete nicht auf die Flüche, die ihm die Wartenden vor dem Barackengebäude hinterherschrien. Den Frust, den das Ergebnis der Schuldnerberatung bei ihm ausgelöst hatte, reagierte er nun am Gaspedal ab. Ein flüchtiger Blick auf den Stapel Rechnungen, den er auf den Beifahrersitz gepfeffert hatte, gab seinen Aggressionen gleich wieder neue Nahrung. Porschefahrer war er die längste Zeit gewesen. Wenn es mit ihm so weiterging, würde es nicht mehr lange dauern, bis auch er sich in die Schlange vor der Mittagstafel einreihen musste.

***

Anne Zimmer machte sich auf den Weg zur Bushaltestelle. Ihr Rucksack fühlte sich bei jedem Schritt schwer und gut an. Die Lebensmittel darin würden zwei, drei Tage reichen. Die Orangen konnte sie nicht so schnell aufessen, Mechthild hatte ihr viel zu viele mitgegeben. Vielleicht würde sie aus den duftenden Früchten Marmelade kochen. Der Gedanke stimmte sie fast fröhlich.

Anne kannte die Strecke zwischen der Mittagstafel und der Bushaltestelle genau; sie wusste, dass sie sich nah an der Bordsteinkante befand, und tastete nur kurz mit ihrem Stock, um sich zu vergewissern. Vor Passanten brauchte sie sich nicht zu fürchten, die meisten machten ihr von sich aus Platz. Sowie sie das helle Klopfen ihres Blindenstocks auf dem Gehweg hörten, wichen sie wortlos zurück. So gut wie nie kam jemand auf die Idee, sie zu fragen, ob er helfen könne, nur ganz selten bot jemand an, sie ein Stück zu begleiten. Die meisten Menschen haben keine Übung darin, eine Blinde anzusprechen.

Die Welt einer Erblindenden wird von Tag zu Tag einsamer und dunkler, aber sie riecht intensiver, gewinnt ausgeprägtere Formen. Wenn das Augenlicht nachlässt, werden die übrigen Sinnesorgane umso sensibler. Riechen, tasten, hören. Die Informationen, die die Augen nicht mehr liefern können, müssen woanders herkommen. Die Geräusche der Umgebung werden vielfältiger und differenzierter. Ein Martinshorn ist kein Signal mehr, es ist eine Lautexplosion.

Als ein Notarztwagen mit eingeschalteter Sirene an der Bushaltestelle vorbeidonnerte, zuckte Anne förmlich zusammen. Sie machte eine ungeschickte Bewegung, eine Orange rutschte aus ihrem Rucksack und rollte über den Boden. Die Menschen, die neben Anne auf den Bus warteten, schauten dem Rettungswagen neugierig hinterher.

Ein kleines Mädchen nutzte den Moment mangelnder Aufmerksamkeit, bückte sich geschwind und hob die Orange beglückt auf. Sekunden später konnte Anne hören, wie die Mutter das Kind heftig schalt

»Bäh! Lass die Orange bloß liegen! Die lag doch auf der Erde.«

Ungeduldig schlug die Frau ihrem Kind die Orange aus der Hand. Mit einem dumpfen Laut fiel die Frucht erneut auf den Boden.

***

Jochen Bender hatte in der Baracke ein Regal umsortiert, um eine Weile in Mechthilds Nähe zu sein. Es berührte ihn, wie freundlich sie sich mit den Kunden unterhielt, wie viel Geduld sie für jeden Einzelnen aufbrachte. Sie musste selbst mit Hartz IV auskommen und war an Montagen Kundin der Tafel. Wenn sie mittwochs als Ehrenamtliche hier arbeitete, wusste sie um die Not der Menschen, die täglich hierherkamen.

Während er Dosen mit Erbsen umschichtete, lauschte er ihrer melodischen, leisen Stimme. Als Mechthild plötzlich laut aufstöhnte, stürzte er erschrocken zu ihr.

Mechthild hielt sich den Leib und krümmte sich vor Schmerzen; Bender sah, dass sie kaum noch Luft bekam.

Zwanzig Minuten später bemühten sich zwei Sanitäter und eine junge Notärztin um Mechthild. Es sah ernst aus. Sie hatten ihr eine Infusion verpasst, die Sanis hievten sie auf einer Trage nach draußen in den Rettungswagen; die Ärztin lief nebenher und hielt die Infusionsflasche hoch.

»Ich sag deinen Kindern Bescheid. Aber ich wette, du bist abends wieder zu Hause ...«

Bender sah in Mechthilds Gesicht hinab, nahm ihre Hand, die über die Bahre herabhing, und drückte sie sanft. Dabei gab er sich alle Mühe, seine Gefühle zu verbergen.

Mechthild rang vergeblich nach Luft. Ihre großen Augen sahen ihn voller Angst an. Voller Todesangst.

Als der Notarztwagen mit Blaulicht und Sirene das Gelände verließ, blickte Bender ihm gedankenverloren nach.

Wie schutzlos Mechthild auf der Bahre gelegen hatte. Ihr sonst so frisches herzförmiges Gesicht war ganz blass gewesen. Still hatte es auf dem weißen Kissen geruht, umrahmt von dem langen, honigblonden Haar. Eben noch hatte sie hinter dem Tisch gestanden und freundlich die Ware ausgeteilt, und im nächsten Moment hatte sie kaum noch atmen können. Sie, die stets so viel Fröhlichkeit verbreitete …

»Wenn du glaubst, ich hab Mechthild Rizinusöl in den Kaffee getan, nur damit ich dich mal wiedersehe … dann irrst du!«, schnitt eine Stimme durch seine Gedanken.

Regina Schottmüller war neben ihn getreten, während er noch immer dem Rettungswagen nachsah.

»Was sagst du da?« Irritiert schaute er sie an.

»Ich komme gut mit der Situation klar!«, setzte sie gelassen nach. Doch dann, nach einer kleinen Pause, schickte sie eine leise Drohung hinterher: »Übrigens überlege ich, ob ich hier aufhöre.«

Bender unterdrückte einen Fluch. Regina und ihre notorische Eifersucht! Am liebsten hätte er sie angeschrien, hätte ihr ein »Geh doch!« entgegengebrüllt. Aber er brauchte Sponsoren wie Regina, und das wusste sie natürlich. Bender leitete nicht nur die Diakonie, der das Gelände und die Baracke hier gehörten, er half auch tatkräftig bei der Mittagstafel mit. Das Projekt war ihm ans Herz gewachsen, es durfte nicht scheitern.

Sein Blick streifte den Lieferwagen im Hof, auf dem die Aufschrift »Schottmüller und Söhne« prangte.

Er musste sie besänftigen. Suchend drehte er sich nach ihr um. Doch Regina war bereits in der Baracke verschwunden. Er eilte hinter ihr her, beruhigte im Vorbeigehen die wartenden Kunden.

»Es geht gleich weiter.« Er gab sich Mühe, munter zu klingen. Als er in die Dunkelheit der Baracke eingetaucht war, schloss er vorsichtshalber die Tür hinter sich.

***

»Exitus.« Die Stimme der Notärztin klang sachlich. Sie ließ die Taschenlampe sinken, mit der sie der Patientin in die Pupille geleuchtet hatte. »Uhrzeit: elf Uhr siebenunddreißig.«

Noch im Rettungswagen hatte Mechthild Stemmlers Herz aufgehört zu schlagen.

Der Monitor gab ein Piepsen von sich, einen durchgehenden hellen Ton. Die Wellenlinie, die das Gerät bis eben noch angezeigt hatte, hatte sich in einen geraden Strich verwandelt.

»Nix Exitus!« Der Sanitäter, der auf der anderen Seite der Krankenbahre im schwankenden Rettungsauto um sein Gleichgewicht kämpfte, protestierte energisch. »Wenn die Frau uns hier drin verstirbt, dann müssen wir den ganzen Wagen desinfizieren! Sie haben noch nie so einen Wagen desinfiziert, oder?«

Die Notärztin schaute ihn noch zögernd an, da hatte er den Defibrillator schon in den Händen.

»Hier im Wagen stirbt uns keiner. Das wäre das erste Mal. Wir sehen immer zu, dass sie noch einen Herzschlag haben, wenn wir sie im Krankenhaus abliefern.«

ZWEI

Fritz Dellwo bugsierte seinen Einkaufswagen, in dem zwei große Eimer mit Wandfarbe sowie etliche Rollen Raufasertapete standen, über den Parkplatz des Baumarkts in Richtung seines Autos. Einen kleineren Farbtopf mit Abtönfarbe hielt er in der Hand, im Gehen versuchte er, den Text darauf zu entziffern.

»Was … was steht denn da?«, murmelte er genervt.

Die Buchstaben verschwammen vor seinen Augen.

Schon vor ein paar Wochen war ihm aufgefallen, dass er kaum noch etwas mühelos lesen konnte, was kleiner gedruckt war als die Schlagzeile der Bild-Zeitung. Seine Augen machten nicht mehr richtig mit; das Alter hatte ihn eingeholt. Höchste Zeit für eine Lesebrille. Der Gang zum Optiker stand ganz oben auf seiner To-do-Liste, aber immer gab es Dinge, die noch wichtiger waren. Der Dienst, das Renovieren, Eva …

Dellwo drehte sich nach seiner Freundin um, die im Abstand von ein paar Schritten hinter ihm herlief, zwei lange Stangen mit Fellrollern in der Hand. Im selben Moment stieß er mit einem anderen Einkaufswagen zusammen.

»Hallo, Fritz …«

Er fuhr herum. Zu seiner Überraschung stand Charlotte vor ihm. Mit ihr hatte er hier nicht gerechnet. Sie hatte heute auch Spätschicht – genau wie er –, aber dass sie ihre knappe Freizeit im Baumarkt verbrachte, das passte irgendwie nicht zu ihr. Was hatte sie vor?

Aus ihrem Einkaufswagen ragte eine Stehlampe mit Tütenschirmchen, die sonst in ihrem Wohnzimmer stand und ihn schmerzlich an das Ehegrab erinnerte, in dem er mit Eva nächtigen musste. Allein der Gedanke daran stimmte ihn plötzlich beklommen.

»Du kaufst hier ein?«, fragte er, wie um Zeit zu gewinnen.

»Ich wollte«, erklärte Charlotte. »Aber die Ersatzschirme passen nicht in die Fassung.« Sie wies auf die Lampe und zuckte bedauernd die Achseln.

Ihr Blick fiel auf die Farbeimer und Raufasertapeten, die er in seinem Einkaufswagen gestapelt hatte, und ihre Katzenaugen begannen gefährlich zu glimmen. Dellwos schlechtes Gewissen meldete sich. Er hätte sie natürlich fragen müssen, bevor er sich daranmachte, das Haus ihrer Kindheit zu verändern. »Vielleicht findest du was auf dem Flohmarkt«, lenkte er vom heiklen Renovierungsthema ab und setzte sein schelmisches Teddybärgesicht auf.

»Das hat der Verkäufer auch gesagt.« Charlotte nickte dankbar.

»Oder du kaufst dir eine neue Lampe?« Dellwo wurde mutiger.

»Aber ich hänge dran!«, protestierte Charlotte. »Außerdem mag ich diese ewige Neukauferei nicht.« Sie betrachtete erneut die Farbeimer in seinem Einkaufswagen. »Und du? Willst du streichen?«

»Hm.«

Dellwo suchte noch nach einer ausführlicheren Antwort, als Eva ihn eingeholt hatte. Schwungvoll legte sie die Fellroller mit den langen Stielen zu den übrigen Sachen in den Einkaufswagen.

»Da, unsere Fellroller!«, kommentierte sie zufrieden.

»Die hätten wir beinahe vergessen.« Abwesend versuchte Dellwo, ein wenig Konversation zu betreiben.

»Was für eine Wand denn?« Charlotte ließ so schnell nicht locker.

»Hallo, Charlotte!«, grüßte Eva nun fröhlich. Charlotte antwortete mit einem verzagten Nicken, bevor sie sich hinter einen strengen Blick flüchtete. Zögernd schob Eva ihren Arm um Dellwos Hüfte. Die Verlegenheit der beiden anderen steckte sie offenbar an.

Dann klingelte ein Handy. Dellwo und Charlotte wühlten gleichzeitig in ihren Taschen, bis sie schließlich ebenso gleichzeitig feststellten, dass es Dellwos Handy war, auf dem der Anruf ankam.

»Dellwo?«, meldete er sich.

Eine Weile hörte er alarmiert zu, dann suchte er Blickkontakt mit seiner Kollegin.

»Ich sag Charlotte Bescheid, wir kommen.«

***

»Laut Bericht des einliefernden Notarztes klagte die Patientin gegen elf Uhr plötzlich über Übelkeit, Schwindel, Atemnot.«

Die Gerichtsmedizinerin betrachtete die entblößte Leiche von Mechthild Stemmler auf dem Seziertisch, während sie in ihr Diktiergerät sprach. Ihr halblanges dunkles Haar hatte sie im Nacken zusammengebunden, um den Hals trug sie einen grauen Schal, mehrfach gewickelt.

Es war kalt hier unten bei den Toten.

Als Fritz Dellwo und Charlotte Sänger in den Sektionsraum eintraten, ließ sie sich in ihrer Arbeit nur unwesentlich stören. Sie warf den beiden Kripoleuten ein knappes »Hallo« hin, drückte Dellwo ein Klemmbrett mit Notizen in die Hand und fuhr mit ihrem Diktat fort. Auch dass ihr Assistent währenddessen ein Skalpell fallen ließ und danach eine kleine Ewigkeit brauchte, um den schwarzen BH der Toten einzutüten, beeindruckte sie wenig.

Dellwo begann die Notizen zu lesen, doch die Buchstaben tanzten vor seinen Augen. Noch ein Blick auf das Klemmbrett, und er gab auf.

»Wen haben wir denn hier …?«, wandte er sich gespielt jovial an die Gerichtsmedizinerin, in der Hoffnung, an Informationen zu kommen, auch ohne etwas lesen zu müssen.

»Mechthild Stemmler, dreiundvierzig, steht alles da …« Der Rest war nicht mehr für Dellwo bestimmt, die Pathologin sprach schon wieder in ihr Diktiergerät: »Während des Abtransports dann Tachykardie, rasche Bewusstlosigkeit, Schnappatmung, Atemstillstand. Wiederbelebungsversuche. Exitus bei Einlieferung in der Klinik, elf Uhr fünfzig.«

Es gab eine kurze Unterbrechung, während der die Gerichtsmedizinerin mit der Taschenlampe in die erweiterten Pupillen der toten Mechthild Stemmler leuchtete, dann diktierte sie weiter.

»Auch die maximal erweiterten Pupillen sprechen für eine Vergiftung. Ende.«

Nun wandte sie sich endlich Dellwo und Charlotte zu.

»Die Frau hier hat einiges mitgemacht …« Vorsichtig hob sie eine Schulter der Toten an. »Verbrühungen und Verbrennungen an Stellen, wo sie sich unmöglich selbst verletzt haben kann.«

Charlotte und Dellwo näherten sich betreten der Toten, die ihnen allen nun so ausgeliefert war und offenbar auch schon im Leben einem Unbekannten ausgeliefert gewesen war.

»Und Brüche. Da ...« Die Pathologin wies auf Mechthild Stemmlers Knie. »Zum Teil nicht behandelt und schlecht zusammengewachsen. Die Frau kann einem leidtun. Sie ist über Jahre misshandelt worden.«

»Die Verletzungen sind aber schon älter?«, fragte Charlotte sachlich.

»Ja. Seit ein paar Jahren scheint da nichts mehr dazugekommen zu sein. Genaues kann ich erst nach dem Röntgen sagen. Aber vielleicht tut das auch nichts zur Sache. Todesursache jedenfalls: Gift.«

»Was sagt der Mageninhalt?«, fragte Charlotte.

Die Gerichtsmedizinerin deutete mit dem Kopf auf eine metallene Nierenschale, in der sich eine braunrote Brühe befand. »Reste des gestrigen Abendbrots, Spaghetti mit Hackfleischsoße. Müsli zum Frühstück, schon stark vergoren. Und ... eine Orange. Die hat sie, etwa zwanzig Minuten bevor der Notarzt alarmiert wurde, gegessen.«

»Hackfleischsoße?« Dellwo runzelte die Stirn. »Gammelfleisch?«

»Eine Lebensmittelvergiftung war das nicht«, erklärte die Gerichtsmedizinerin bestimmt. »Auch keine Schlaftabletten. Dazu sind die Pupillen zu stark geweitet.«

»Also Mord«, schloss Dellwo.

»Spricht alles dafür«, bestätigte die Gerichtsmedizinerin knapp.

»Können Sie schon sagen, was für ein Gift das war?«, wollte Charlotte wissen.

»Wahrscheinlich eines der leicht zugänglichen.« Die Gerichtsmedizinerin machte eine Pause. »Welche könnten das denn sein?«, fragte sie dann lauter.

Es war zweifelsohne eine Prüfungsfrage, gerichtet an den Famulanten, der sich die ganze Zeit etwas verdruckst im Hintergrund gehalten hatte. Charlotte und Dellwo schauten den rothaarigen jungen Mann an, während seine Chefin mit verschränkten Armen auf den Boden starrte und ungeduldig auf den Schuhspitzen wippte.

»Hallo? Herr Famulant? Schon wach?« Die Stimme der Gerichtsmedizinerin klang jetzt schneidend. Leiser, nur für Dellwo und Charlotte bestimmt, fügte sie enttäuscht hinzu: »Das ist vielleicht 'ne Schnarchnase …«

»Pflanzenschutzmittel oder Pflanzengifte …«, raffte der Famulant sich auf.

»Wie …?«

»Was … wie?« Verunsichert schaute der Rotschopf durch seine randlose Brille.

»Wie Digitalis, Wasserschierling, Mutterkorn, St.-Antonius-Fieber …«, schlug die Pathologin entnervt vor.

Dann wandte sie sich an Charlotte und Dellwo. »An diese Gifte kommt schließlich jeder ran. Sie wachsen ja prakisch im Garten oder am Straßenrand.«

»Tatsächlich!«, sagte Charlotte verwundert. »Meine Eltern haben auch Digitalis im Garten angepflanzt.«

»In deinem Vorgarten?«, fragte Dellwo interessiert. »Steht das Zeug immer noch da?«

»Fingerhut«, bestätigte Charlotte. »Der sieht schön aus.«

»Schön, aber tödlich«, stimmte die Ärztin zu. »Gebt mir zwei bis drei Stunden Zeit. Dann sag ich euch ganz genau, was für ein Gift die Frau hier umgebracht hat.«

Auf dem Gang vor dem Sektionssaal drückte Dellwo seiner Kollegin das Klemmbrett in die Hand.

»Die hat vielleicht 'ne Klaue! Was steht denn da noch?«

Auch Charlotte musste nicht unbedingt wissen, dass ihn die Altersweitsicht ereilt hatte.

Sie schöpfte offenbar keinen Verdacht, sondern überflog die Notizen.

»Mechthild Stemmler hat als Ehrenamtliche bei der Mittagstafel gearbeitet, als ihr schlecht wurde.«

»Die Mittagstafel?«, überlegte Dellwo laut. »Die verteilen doch Lebensmittel! Und Lebensmittel kann man auch vergiften ... Ein Anschlag auf die Organisation vielleicht? Was hatte die Tote noch mal als Letztes gegessen?«

Er schielte auf das Klemmbrett, nahm aber wiederum nur verschwommene Hieroglyphen wahr.

»Irgendwelche Nudeln. Ein Müsli. Und kurz vor der Einlieferung eine Orange«, erinnerte sich Charlotte. »Das heißt ...«

Dellwo wurde plötzlich nervös. »Das heißt, wir müssen die Ausgabe der Lebensmittel stoppen!«

***

Vor der Baracke der Mittagstafel herrschte Tumult. Charlotte und Dellwo kamen zeitgleich mit zwei Kollegen vom Streifendienst an und hatten alle Mühe, sich aus ihrem Dienstwagen und durch die Menge zu kämpfen.

Im Hof bedrängten aufgebrachte Kunden einen gut aussehenden dunkelhaarigen Mann, der verzweifelt versuchte, die Menschen zu beruhigen.

»Ruhig!«, schrie er gegen die Menge an. »Ich erkläre Ihnen ja gerne, worum es geht ... Wenn Sie bitte erst mal Ruhe ... Ruhe, verdammt!«

»Ich glaub euch kein Wort, ihr lügt doch alle!«, antwortete ihm jemand empört. »Wir sind euch doch scheißegal. Ihr glaubt wohl, mit uns könnt ihr's machen …«

»Es ist Monatsende«, rief eine Frau dazwischen. »Wenn ihr uns jetzt auch noch die Mittagstafel dichtmacht …!«

»Solche Überprüfungen sind auch zu Ihrer eigenen Sicherheit …«

»Überprüfungen? Ihr wollt uns schikanieren!«, schallte es zurück. »Wenn ich ohne Essen nach Hause komme …«

Dellwo zückte seine Marke. »Wer ist der Mann da vorn?«, fragte er einen der Umstehenden.

»Das ist Jochen Bender, der Leiter der Diakonie.«

»Aha. Danke.« Dellwo nickte Charlotte kurz zu, dann drängte er sich in Richtung des Diakonieleiters durch den Pulk der Anwesenden.

»Was ist denn los? Was will die Polizei von uns? Stimmt etwas nicht mit den Lebensmitteln? Warum sollen wir die wieder hergeben?« Aufgebrachte Kunden schoben sich ihm in den Weg.

»Wir vermuten einen Giftanschlag auf die Mittagstafel«, erklärte Dellwo. »Es ist zu Ihrem eigenen Besten, wenn Sie die Waren …«

Weiter kam er nicht.

»Gift! Ein Attentat? Ja, super, so löst man das Problem.« Die erregten Kunden ließen Dellwo nicht zu Wort kommen. Immerhin hatte er sich jetzt endlich bis zu Bender vorgearbeitet. Aber auch der war über sein Erscheinen wenig erfreut.

»Jetzt setzen Sie auch noch Gerüchte in die Welt!«, zischte er ihm wütend ins Ohr. »Kommen Sie …«

Er ergriff Dellwo am Arm, bahnte sich mit Gewalt einen Zugang zur Baracke und zog ihn hinter sich her ins Gebäude. Einem der beiden Streifenpolizisten gelang es, ihnen zu folgen.

Draußen machten sich die abgewiesenen Kunden über einen Mann her, der seine bereits erhaltenen Lebensmittel heimlich in einem Einkaufswagen abtransportieren wollte.

»Hier wird nicht geplündert!«, musste er sich anhören, während er sich gleichzeitig gegen den zweiten der beiden Streifenpolizisten zu wehren versuchte, der die Waren konfiszieren wollte.

Charlotte löste sich aus der Menge und suchte ein wenig Abstand. Langsam und mit aufmerksamem Blick ging sie um das Haus herum, lief bis hinter die Baracke. Vor den Abfalltonen blieb sie stehen. Neben den grünen Containern für den Kompost lag jede Menge vergammeltes Gemüse: Lauch, Salatköpfe, verschimmelte Orangen. Vor den blauen Tonnen türmte sich ein Haufen Kartons.

»Ziehen Sie jetzt bloß keine falschen Schlüsse!«

Charlotte drehte sich um und sah sich einer Frau in einer schicken Lammfelljacke gegenüber, die sie offen über einer weißen Hose und einem hellen Pulli trug. Der Brillantanhänger in ihrem Ausschnitt glitzerte.

Charlotte zog fragend eine Braue hoch.

»Regina Schottmüller«, stellte sich die elegante Helferin atemlos vor. »Ich hatte den Notarzt alarmiert …«

Charlotte deutete auf den Lieferwagen mit dem Namenszug, der immer noch im Hof stand. »Schottmüller von Schottmüller und Söhne?«

»Die ›Söhne‹ bin jetzt sozusagen ich.« Regina Schottmüller schenkte Charlotte ein kleines Lächeln, wurde dann aber schnell wieder ernst. »Es ist furchtbar, dass

Frau Stemmler tot ist. Aber ...«, sie öffnete eine der grünen Tonnen, die voll von verdorbenem Grünzeug war, »... das hier besagt nur, dass wir gründlich aussortieren. Unsere Kunden kriegen nur Sachen, die wir selber essen würden.«

»Fein!« Charlotte ließ das Wort in der Luft hängen. Dass die Tafel nur das Beste an ihre Kunden weitergab, war in Ordnung. Aber ... war hier auch ansonsten alles in Ordnung? Frau Schottmüller zog ihren Lammfellmantel enger um sich und sah sie fragend an. Offensichtlich machte sie sich Gedanken darüber, wie ernst Charlotte ihr Lob gemeint hatte. Ihr knappes »Fein!« hatte ziemlich ironisch geklungen.

»Sagen Sie«, fuhr Charlotte leichthin fort, »Frau Stemmler hat kurz vor ihrem Tod eine Orange gegessen. War die von hier?«

Sie nahmen den Weg in den Hof zurück.

»Wahrscheinlich«, sagte Regina Schottmüller im Gehen. »Wir hatten heute sehr viele Orangen.«

Im Hof vor der Baracke schoss ein älterer Herr Fotos, seine Kamera war eines Paparazzos würdig. Eine junge Journalistin führte Interviews und hielt den Tafelkunden ihr Mikro vor die Nase.

»Wie geht es Ihnen?«, erkundigte sie sich mit aufgesetztem Mitgefühl bei den Umstehenden. »Haben Sie irgendwelche Beschwerden?«

Einer der beiden uniformierten Kollegen konfiszierte mit stoischer Ruhe Waren und lud sie in den Streifenwagen. Sein Kollege kam mit Kisten voller Orangen aus der Baracke. Jochen Bender folgte ihm auf den Fersen und warf einen grimmigen Blick auf die Presseleute.

»Na wunderbar! Haben Sie die auch gleich benachrichtigt?«, ranzte er Dellwo an, der nachdenklich hinter ihm herkam. Dann war es mit seiner Beherrschung vorbei, er ging auf die Journalisten los.

»Ich muss Sie bitten zu gehen!«, schrie er. »Dies hier ist privates Gelände, Sie begehen Hausfriedensbruch …«

Charlotte wandte ihren Blick von der Szene ab und konzentrierte sich wieder auf Regina Schottmüller.

»Wir müssen die Familie informieren. Wo wohnt Frau Stemmler denn?«

»Weiß nicht …«, murmelte Regina Schottmüller abwesend.

»Schlesierring 307. Vierter Stock.« Jochen Bender gab die Antwort, ohne zu zögern. Charlottes letzte Frage hatte er offensichtlich mitgehört.

»Sie kennen die Adresse auswendig?«, wunderte sich Charlotte. Dass Jochen Bender seine Mitarbeiter kannte, sprach für ihn, aber dass er ihre Adressen auswendig wusste, irritierte sie etwas.

»Ich hab da … mal … Spendenkisten abgeholt.« Er stotterte fast unter den inquisitorischen Blicken von Regina Schottmüller. Die elegante Geschäftsfrau atmete tief durch und wandte sich dann ab. Es war unverkennbar eine Geste der Empörung.

»Spendenkisten?«, hakte Charlotte nach.

»Mechthild Stemmler arbeitet schon lange bei uns mit«, fasste Bender nach einem kleinen Zögern zusammen. »Eine feine Frau, die unsere Arbeit uneingeschränkt unterstützt. Sie ist geschieden, hat drei Kinder.« Er machte eine Pause und setzte dann erklärend nach: »Die Kinder leben bei ihr.«

»Eine alleinerziehende Mutter mit drei Kindern?« Charlotte versuchte, sich das vorzustellen. »Und die hat noch Zeit, bei der Mittagstafel mitzuhelfen?«

Bender nickte ernst. »So ist Mechthild eben … Entschuldigung, so war sie …« Er wandte sich ab, um sich die Nase zu putzen, und verbarg sein Gesicht vor Charlotte.

»Ich brauche als Erstes die Namen sämtlicher Bezieher von heute«, verlangte Dellwo sachlich. »Wir müssen die Waren zurückholen, schnell, es darf keine weiteren Vergiftungsopfer geben.«

Bender schob sein Taschentuch in die Manteltasche und schüttelte bedauernd den Kopf. »Keine Chance. Wir registrieren niemanden, der sich hier etwas zu essen holt. Die Leute zeigen uns nur ihren Frankfurt-Pass, damit wir wissen, dass keine reichen Schnorrer unter ihnen sind. Das ist alles. Den Pass bekommen Einwohner mit geringem Einkommen von der Stadt. Damit können sie verbilligt in Museen gehen und in den Zoo.«

»Das darf doch nicht wahr sein!« Dellwo warf Charlotte einen verzweifelten Blick zu.

Charlotte runzelte die Augenbrauen. »Du magst den Zoo nicht?«, fragte sie mit gespieltem Erstaunen. Dellwo ging nicht auf sie ein; ihm war offenbar nicht nach Scherzen zumute.

»Wir können nur versuchen, möglichst viele Adressen unserer Kunden selbst herauszufinden, indem wir die Wartenden befragen«, bot Bender an. Offenbar wollte er den guten Ruf der Mittagstafel nicht riskieren. »Die meisten kommen regelmäßig her und kennen sich untereinander. Bei einer Befragung der Anwesenden dürften einige Namen zusammenkommen.«

Dellwo atmete tief durch. Noch ein stummer Blick zu Charlotte, dann nickten beide zustimmend.

»Ich geh dann mal«, sagte Charlotte vage. »Zu Frau Stemmlers Wohnung«, fügte sie erklärend hinzu, blieb aber noch einen Augenblick stehen, als wollte sie Kraft schöpfen für die schwere Aufgabe.

Todesnachrichten überbringt niemand gern. Schon gar nicht Kindern, die soeben ihre Mutter verloren haben.

»Dann los. In mein Büro!«, feuerte Jochen Bender nun Dellwo an.

Erneut machten sich die Männer zur Baracke auf.

»Haben Sie in letzter Zeit Interessenten abweisen müssen?«, wollte Dellwo wissen. »Interessenten ohne ... Frankfurt-Pass?«

»Sie denken an einen Racheakt?«

»Es könnte natürlich auch ein Attentat auf einen der Läden sein, von denen Sie Ihre Waren beziehen«, spann Dellwo den Faden weiter.

»Es könnte aber auch politisch motiviert sein«, erweiterte Bender die Reihe der Mutmaßungen. »Warten Sie, ich zeig Ihnen was.«

Im Büro angekommen, hielt er Dellwo ein Flugblatt unter die Nase. Das Hetzblatt einer Organisation, die sich »Neue Kommunisten« nannte. Unter dem typischen Geballte-Faust-Symbol prangten ein Foto von Jochen Bender und offenbar ein Interview mit ihm. Daneben fragte eine fette Schlagzeile:

»Gammelfleisch für Hartz-IV-Empfänger?«

Die Buchstaben waren so groß, dass selbst Dellwo sie mühelos lesen konnte.

Bender räusperte sich. »Denen passt unsere Arbeit nicht, weil sie angeblich die Revolution verzögert und die Klassenkämpfe verschleiert. Die haben uns schon das Gesundheitsamt auf den Hals gehetzt. Aber das hat natürlich nichts gefunden. Möglicherweise ist das hier jetzt der nächste Anlauf dieser selbst ernannten Weltverbesserer.«

Dellwo versuchte mühsam, den Text unter der Schlagzeile zu entziffern. Aber er sah wieder mal nur schwarze Flecken. Zum Ausgleich konnte er die Karikatur auf der Rückseite prima erkennen.

Sie stellte Schweine dar, die in Abfällen wühlten.

DREI

Charlottes Schritte wurden langsamer, als sie auf das Hochhaus zuging, in dem die Tote gewohnt hatte. Der alte Werbespruch für Beton fiel ihr ein: »Kommt drauf an, was man draus macht.«

Hier gab es überall Beton. Schnurgerade Hochhäuser, kahle Terrassen. Der Weg führte sie an überquellenden Müllcontainern vorbei. Ein paar Jugendliche hatten es sich vor einem Hauseingang gemütlich gemacht, ließen Bierflaschen kreisen und rauchten. Charlotte schätzte sie auf höchstens fünfzehn. Immerhin schienen sie sich gut zu unterhalten. Sie zogen sich gegenseitig auf und lachten miteinander.

Als Charlotte sie passiert hatte, schickte ihr einer von ihnen einen anerkennenden Pfiff hinterher.

Im Treppenhaus hatte jemand mit Farbbeuteln geworfen. Die Glastüren zu den diversen Eingängen waren zerkratzt und mit Graffiti beschmiert; die Schiebetüren des Fahrstuhls hatten die jungen Talente ebenfalls bedacht.

Die Wohnungstür zu Mechthild Stemmlers Apartment war mit einem Kranz aus Weidenkätzchen geschmückt. Die etwas ungeschickte Flechtarbeit wirkte wie von Kinderhand gemacht. Anscheinend hatte Mechthild Stemmler ihre Zeit nicht nur für die Mittagstafel geopfert, sondern auch die Muße gefunden, mit ihren Kindern zu basteln. Die Wand um die Wohnungstür herum war frisch geweißt.

Eine Oase der Sauberkeit mitten im Schmuddel.

***

Timmy lag auf dem Sofa und las einen Comic, seine Schwester Vanessa saß mit übereinandergeschlagenen Beinen vor ihrem Schreibtisch und telefonierte mit einer Freundin. Mal wieder. Durch die offenen Türen konnte er sie hören.

»Stell dir vor! Ich komme zu einer Familie in Santa Barbara, das ist nördlich von L.A. Sie haben drei Kinder, genau wie wir!«, jubelte sie ins Telefon, als es an der Tür schellte.

»Mach du auf!«, rief sie. »Das muss Mama sein. Die hat bestimmt wieder ihren Schlüssel vergessen!«

Timmy ließ den Comic fallen und schnappte sich seine Mathearbeit, die er heute zurückbekommen hatte. Auf Socken schlitterte er durch den Flur.

»Mama!« Freudestrahlend riss er die Tür auf. »Ich hab 'ne ...«

Er erstarrte in der Bewegung.

Vor ihm stand eine Fremde.

Enttäuscht ließ er seine Mathearbeit sinken und starrte die Frau an.

Auch sie schien erschrocken zu sein, sie sah ihn an, ohne etwas zu sagen. Sie trug einen Mantel, der fast wie ein Kleid aussah. Die roten Haare hatte sie am Hinterkopf zusammengesteckt. Ihr Blick wanderte zu dem kleinen Tisch, der draußen auf dem Flur vor der Tür stand. Vanessa hatte allerlei Dinge darauf gestapelt, die sie nicht mehr brauchte. Daneben hatte sie ein Smiley gelegt und ein Schild aufgestellt.

Warum sagte sie nichts?

Jetzt betrachtete die Frau das Türschild, das Kevin unter Vanessas Anleitung aus Salzteig geknetet hatte. Ein Haus mit vier Figuren. »Hier wohnen Mechthild, Vanessa, Kevin und Tim Stemmler«, war darauf zu lesen.

»Hallo!«, sagte die Fremde endlich. »Welcher von den beiden bist du denn? Kevin oder Tim?«, fragte sie, und es klang freundlich. Trotzdem beschlich Timmy ein komisches Gefühl.

Gerade als er antworten wollte, hörte er hinter sich Vanessas Schritte im Flur. Dann stand auch sie in der Tür und sah die Fremde fragend an.

Die Frau zog einen Polizeiausweis aus ihrer Tasche und hielt ihn in Augenhöhe vor Timmy und Vanessa.

»Ist was mit Kevin?«, fragte Vanessa. »Hat er wieder Scheiße gebaut?«

Die Frau schüttelte unmerklich den Kopf. »Charlotte Sänger. Kriminalpolizei. Ich komme nicht wegen Kevin, sondern ... Ich muss mit euch reden. Kann ich kurz reinkommen?«

Vanessa zog wortlos die Tür weiter auf. Timmy drückte sich an seine ältere Schwester. Beide sahen sie Charlotte aus großen, ahnenden Augen an.

***

Fritz Dellwo klingelte an der Wohnung von Anne Zimmer, einer der Kundinnen der Tafel, die heute Essen abgeholt hatte, und betrachtete das kleine Tischchen, das vor der Wohnungstür auf dem Flur stand. »Zum Mitnehmen!«, verkündete ein Pappschild. Darauf standen offensichtlich lauter Dinge, die Anne Zimmer nicht mehr brauchte.

Seltsam, wie man hier Müll entsorgt, dachte er irritiert. Vielleicht sollte er die Ehebetten von Charlottes Eltern auch einfach auf die Straße stellen? Und ein Schild dranhängen: »Zum Mitnehmen«?

Die Idee hatte was. Er lächelte in sich hinein.

Die Wohnungstür öffnete sich, und eine hübsche, ungeschminkte Frau um die vierzig blinzelte ihn an. Wahrscheinlich wurde sie vom hellen Flurlicht geblendet.

»Guten Tag! Fritz Dellwo mein Name.« Er hielt kurz seine Marke hoch. »Wir überprüfen die Qualität der ausgegebenen Waren der Mittagstafel ...«

»Ach!« Anne Zimmer lächelte und drehte ihren Kopf so, dass ihr rechtes Ohr dichter an Dellwos Mund war. Anscheinend konnte sie besser hören als sehen. »Das ist ja mal was Neues, dass sich eine Behörde um mich sorgt!«

»Jedenfalls ...« Dellwo gab Gas und sprach schneller. Lügen waren ihm unangenehm, selbst Notlügen. Manchmal waren sie zwar notwendig, aber auch dann wollte er sie rasch hinter sich bringen. Dabei würde er an diesem Tag noch sehr viele Menschen anlügen müssen. Am besten, er brachte den ganzen Tag schnell hinter sich, so schnell es eben ging. »Wir müssen Sie bitten, uns die heute bezogenen Lebensmittel für Tests zur Verfügung zu stellen.«

So, nun war es heraus. Eine kleine Weile sagte niemand etwas.

Dann lächelte Anne Zimmer. »Ist da was vorgefallen? Mal im Ernst. Sie kommen doch nicht einfach so ...«

Dellwo seufzte leise. Er war noch nie ein guter Lügner gewesen.

»Wirklich nur eine Routinekontrolle!«, beteuerte er. Auch wenn Anne Zimmer ihm seine Notlüge offensichtlich nicht abkaufte, so schnell würde er nicht aufgeben. Er mochte gar nicht daran denken, wie viel Mühe es gekostet hatte, um wenigstens einen Teil der Bezieher der Mittagstafel zu ermitteln. »Haben Sie von den Lebensmitteln schon was gegessen?«

Anne Zimmer fixierte ihn mit einem seltsam starren Blick und schüttelte dann den Kopf. »Nein. Aber ich koche gerade Marmelade von den Orangen.«

Sie trat ein Stück zur Seite, um ihn in ihre Wohnung eintreten zu lassen.

Irgendwie wirkte sie gut gelaunt.

***

Ina Springstub hatte es weitaus schwerer als Dellwo. Die Polizistin stand in einem heruntergekommenen Hausflur neben einem abgestellten Kinderwagen vor einer verschlossenen Tür und wartete vergebens darauf, dass ihr jemand aufmachte. Nicht dass keiner da gewesen wäre. Drinnen gingen Menschen auf und ab, so viel konnte sie hören. Ein Fernseher lief.

Die Tür, vor der sie stand – das zeigte ihr ihr fachmännischer Blick auf Anhieb –, hatte vor Kurzem jemand mit einem Stemmeisen aufzubrechen versucht. Die Einbruchspuren waren noch frisch.

Ina klingelte erneut.

Das provisorische Türschild unter der Klingel verriet, dass die Bewohner hier häufig wechselten. Über »A. Schmidt« hatte jemand mit einem roten Stift »Özdemir« geschrieben. Wieder jemand hatte die Özdemirs ausgestrichen und einen weiteren Namen daruntergekritzelt: »Kurzidim«.

Endlich ging die Tür auf.

Die mollige junge Frau, die Ina öffnete, hatte ein kleines Kind auf die Hüfte gestemmt, in ihrem Mundwinkel hing eine Zigarette. Das Kind lutschte hingebungsvoll an einer Frucht. Und die Frucht sah aus wie …

Eine Orange!

Einem plötzlichen Impuls folgend, schlug Ina dem Kind die Frucht aus der Hand. Das Kind erschrak und begann zu schreien, die Mutter funkelte Ina böse an: »Was soll 'n der Scheiß!«

Ina fühlte sich beklommen. Das war nicht besonders behutsam gewesen. Andererseits war sie nach wie vor überzeugt von dem, was sie hier tat; schließlich wollte sie eine mögliche Vergiftung verhindern.

Sie bückte sich nach der zerdrückten Frucht und hob sie auf.

»Die Orange ...«, sagte sie ruhig. »Haben Sie die von der Mittagstafel?«

»Das ist 'ne Clementine, die hab ich teuer gekauft!«, kreischte die Frau.

Ina atmete erleichtert auf und betrachtete die Frucht in ihrer Hand genauer. Die Frau hatte recht, es handelte sich wirklich um eine Clementine. Die Mutter riss sie ihr auch schon aus der Hand und gab sie ihrem Kind zurück.

Ina zeigte ihren Ausweis vor, dann sagte sie ihr Sprüchlein auf.

»Wir überprüfen die Qualität der ausgegebenen Waren durch die Mittagstafel. Wir müssen Sie bitten, uns die heute bezogenen Lebensmittel für Tests zur Verfügung zu stellen.«

Im nächsten Moment sah sie, wie sich die Tür langsam schloss. Schnell hielt sie den Knauf fest.

»Ich bin doch nicht blöd«, blaffte die Frau und schob die Tür weiter zu. »Das Zeug ist mindestens vierzig Euro wert, und die Sachen sind immer gut.«

Ina stellte rasch ihren Fuß in die Tür. Der alte Teppichverkäufertrick. Die Frau drückte weiter dagegen, und für einen Moment fürchtete Ina, es könnte ein Gerangel geben. Entschlossen zog sie einen der Fünfzigeuroscheine aus der Tasche und hielt ihn der Frau hin.

»Was 'n los?«

Ein angetrunkener Man in Anzughose und Unterhemd erschien im Flur. Vermutlich das dazugehörige Familienoberhaupt. Bevor er erfassen konnte, was vor sich ging, schnappte sich die Frau den Schein und steckte ihn in den Bund ihres Rockes.

»Nix«, erklärte sie ihrem Mann bestimmt. »Nur 'ne Kontrolle. Gesundheitsamt oder so.«

Dann bat sie Ina herein, als sei nichts gewesen.

***

Der Besuch bei der Schuldnerberatung am frühen Morgen war Jan Gröner an die Nieren gegangen. Man hatte ihm eine Umschuldung vorgeschlagen. Das hieß, man würde ihm einen Kredit geben, mit dem er seine laufenden Schulden zahlen konnte und fürs Erste auch wieder flüssig wäre. Aber er würde diesen neuen Kredit über Jahre hinweg abstottern müssen.

Schluss mit lustig. Bescheiden leben. Kein Luxus mehr.

Von seinem Porsche zum Beispiel und von seiner schicken neuen Espressomaschine aus Edelstahl solle er sich am besten trennen, solange er noch Geld dafür bekäme. Das und anderes Unangenehme mehr hatte man ihm unumwunden gesagt. Dabei hatte er es doch nur schön haben wollen. Ein bisschen Lebensstil, mehr wollte er ja gar nicht.

Besuche bei Menschen mit geringem Einkommen waren allerdings das Letzte, was er im Moment gebrauchen konnte.

Der Kunde der Mittagstafel, den er nun zu befragen hatte, trug einen akademischen Titel. »Dr. Schild« stand in verschnörkelten Buchstaben an der recht vornehmen, altmodischen Tür. Im Flurfenster stand eine Blattpflanze neben antiken Skulpturen. Hier wohnte jemand mit Bildung.

»Ja, bitte?« Ein Herr in den Fünfzigern öffnete die Tür. Er machte tatsächlich einen gebildeten Eindruck und wirkte sehr gepflegt. Und so einer war gezwungen, sich sein Essen bei der Mittagstafel abzuholen? Musste – sozusagen – die Reste der Reichen verzehren?

Gröner räusperte sich, um seine Verlegenheit zu verbergen.

»Sie haben heute als Kunde Waren von der Mittagstafel bezogen«, begann er und versuchte, seine Verwirrung zu überspielen. Ging zur Routine über. Zeigte seinen Ausweis vor.

»Ja … wieso? Hat das was mit dem Vorfall heute zu tun?« Dr. Schild wusste also Bescheid, schien aber auch ein wenig misstrauisch zu sein. Wie zum Schutz zog er die Tür näher zu sich ran.

»Wir überprüfen die Qualität der ausgegebenen Waren, das ist reine Routine«, beruhigte ihn Gröner.

Dr. Schild blieb unbewegt stehen. Seine Augen hinter der dunklen, eckigen Brille blickten abwartend.

»Es gibt auch eine Entschädigung«, setzte Gröner nach, zog einen Fünfzig-Euro-Schein aus der Tasche und hielt ihn Dr. Schild hin. Der sah das Geld begehrlich an, griff aber nicht danach.

»Das ist zu viel«, sagte er schließlich. »Die Sachen waren heute nicht so viel wert, das variiert immer ein wenig.«

Gröner hielt den Schein immer noch in der Hand.

Für den Bruchteil einer Sekunde war er versucht, ihn selbst einzustecken. Niemand würde ihn vermissen.

Fast aggressiv drückte er dem Mann das Geld in die Hand. »Das kriegt jeder. Jeder, bei dem wir die Lebensmittel von der Tafel konfiszieren.«

»Danke sehr.« Endlich nahm Dr. Schild das Geld an. »Warten Sie«, sagte er, »ich bringe Ihnen die Sachen.«

Jan Gröner atmete einmal tief durch.

***

Timmy stand im Bad vor dem Waschbecken. Er hatte den Wasserhahn aufgedreht und starrte auf das fließende Wasser.

Das fließende Wasser beruhigte ihn irgendwie.

Früher, als sein Vater noch hier gewohnt hatte, hatte Timmy oft vor dem Waschbecken gestanden. Hatte das abfließende Wasser betrachtet. Und den Hahn auf- und zugedreht. Immer wieder auf und zu.

Er wischte sich mit dem Arm über die Augen und zog die Nase hoch. »Dann kommt sie heute gar nicht mehr wieder?«, fragte er leise.

Vanessa schüttelte stumm den Kopf. Sie hätte gern geweint, aber sie war starr vor Schmerz. Hatte einfach keine Tränen.

Sie stand hinter Timmy. In dem Spiegel über dem Waschbecken konnten sie sich sehen. Zärtlich streichelte sie seine Schulter.

Durch Timmys Körper lief ein Zucken.

»Dann kann sie gar nicht mehr meine Eins sehen?«, flüsterte er.

»Nein«, sagte Vanessa. »Deine Eins in Mathe kann sie nicht mehr sehen.«

Für eine Weile war es still im Bad. Nur das Wasser rauschte. Das Wasser, das sinnlos aus dem Hahn in den Abfluss strömte, ohne dass jemand es nutzte.

Vanessa zog Timmy fester an sich. Ihr Blick wanderte vom Spiegel zur Tür. Da hing das Plakat. Das Plakat, das sie vor ein paar Tagen im Reisebüro ergattert und dann hier aufgehängt hatte.

Es zeigte die New Yorker Freiheitsstatue.

Im Wohnzimmer bückte sich Charlotte, um das Heft aufzuheben, das Timmy auf den Boden fallen gelassen hatte. Es war seine letzte Mathearbeit. Eine glatte Eins.

»Gut gemacht, Timmy«, hatte die Lehrerin mit Rotstift daruntergeschrieben. »Bleib am Ball. Weiter so.«

Charlotte ließ das Heft sinken und sah sich um. Das Wohnzimmer musste zugleich Mechthilds Schlafzimmer gewesen sein. Die Bettdecke war in einen Überwurf gewickelt, sodass das Bett fast wie eine Couch aussah.

An der Fensterwand standen Kartons mit Kleidern, Büchern und allerlei Krimskrams. Obenauf lagen verschiedene Zettel. Charlotte las die Aufschriften. »Kirchenbasar«, »Flohmarkt«, »Secondhandladen«.

Überall räumten die Menschen auf.

Mechthilds Arbeitsplatz bestand aus einem Türblatt, das sie auf zwei Böcke gelegt hatte. Darauf thronte eine Nähmaschine, ein Kleidungsstück lag daneben. Eine Änderungsarbeit. Da stand noch ein Computer, ein altes Modell. Und überall klebten Post-it-Zettelchen mit Telefonnummern und Notizen.

Es gab auch noch eine abgesessene Sitzgruppe und einen veralteten Fernseher. Auf dem Bildschirm pappte eines der offenbar allgegenwärtigen Post-its mit einer Anweisung. »Nicht vor 18 Uhr«, lautete sie.

Charlotte ging im Raum auf und ab, betrachtete aufmerksam jedes Detail. Vor den Bildern an der Wand blieb sie eine Weile stehen. Es waren gerahmte Nachdrucke von Carl Larssons Familienidyllen und selbst gemalte Bilder der Kinder.

Unter der Matratze des Bettes schimmerte etwas Weißes. Charlotte fasste in den Spalt und zog eine Dreierpackung Antibabypillen heraus.

Sie war noch nicht angebrochen.

Charlotte drehte die Packung in den Händen. Hatte Mechthild Stemmler einen Freund gehabt? Eine Beziehung? Oder … Die Packung war immerhin noch nicht angebrochen. Vielleicht hatte sich da auch erst etwas angebahnt?

»Wer sind Sie denn?« Die junge Stimme klang aggressiv.

Charlotte drehte sich um, gleichzeitig ließ sie die Pillenpackung unauffällig in ihre Tasche gleiten.

Im Türrahmen stand ein Junge mit einem Piercing in der Lippe. Er hatte Pickel auf der Stirn, das dunkle Haar stand ihm zu Berge. Absichtlich aufgewuschelt mit Gel. Charlotte erkannte ihn wieder: Er war einer der Jungen, die vorhin draußen vor den Häusern rumgehangen hatten.

Das musste Kevin sein, Mechthild Stemmlers Ältester.

»Was Sie hier machen, will ich wissen«, fragte Kevin pampig, als Charlotte nicht antwortete. »Sind Sie eine von den Heiligen, mit denen meine Mutter bei der Mittagstafel die Brosamen an die Armen verteilt?«

Er ließ sich aufs Sofa fallen, griff zur Fernbedienung und begann herumzuzappen. Das Post-it mit der Aufschrift »Nicht vor 18 Uhr« galt offensichtlich nicht für ihn.

Charlotte sah ihn nachdenklich an, dann zog sie ihren Ausweis heraus.

»Nein, ich bin von der Kripo. Ich bin hier, weil …«

»Mama ist tot!« Vanessa war aus dem Bad getreten, vermutlich hatte sie Kevins Stimme gehört. Auf ihren bleichen Wangen zeichneten sich große rote Flecken ab.

»Was?«, fragte Kevin tonlos. »Wie denn? Verkehrsunfall?«

Charlotte schüttelte den Kopf. »Nein. Sie wurde vergiftet.«

»Wie bitte?« Kevin blieb erstaunlich ruhig und sachlich. Vielleicht wollte er erwachsen wirken. »Was denn für ein Gift?«

»Das wissen wir noch nicht«, sagte Charlotte.

Timmy drückte sich im Türrahmen herum. »Kann ich auch fern?«, wollte er wissen.

Vanessa griff zur Fernbedienung und stellte den Kinderkanal ein, dann setzte sie sich mit Timmy aufs Sofa und drückte ihn fest an sich.

Ob fernsehen wirklich helfen würde?, fragte sich Charlotte. Aber vielleicht retteten sich Mechthild Stemmlers Kinder nur in die banalen Abläufe des Alltags, um Zeit zu gewinnen. Zeit, die sie zwischen sich und die Geschehnisse schoben. Sie holten Atem, bevor sie sich dem Schrecklichen vollends stellen mussten. Alle drei starren wie paralysiert auf den Fernseher, auf dem in der oberen rechten Ecke das Post-it mit Mechthilds Handschrift klebte: »Nicht vor 18 Uhr«.

»Habt ihr eine Ahnung, wer das getan haben könnte?«, holte Charlotte die Geschwister in die Realität zurück.

Kevin drehte sich zu Vanessa um. Er sah sie an, als

wolle er sie auf ein Stillschweigen einschwören. Kein Wort zu dieser fremden Bulette, sagte sein Blick.

»Was ist mit eurem Vater?«, fragte Charlotte ihn.

»Unsere Eltern sind getrennt.« Kevin stand abrupt auf. »Ich ruf ihn an.«

Er war schon im Flur und hatte das Telefon beinahe erreicht, als Vanessa ebenfalls aufgesprungen war und ihm den Weg verstellte.

»Das tust du nicht! Wehe, du wagst es!«

Kevin schob seine Schwester beiseite. »Mama hat jetzt nichts mehr zu sagen!«

Vanessa wollte ihm dafür eine Ohrfeige verpassen, doch Kevin wich ihr geschickt aus.

»Hast du denn überhaupt keine Gefühle?«, schrie sie ihn an.

Jetzt wollte Kevin zum Schlag ansetzen, aber Charlotte hielt seine Hände fest. Sie sah in das Gesicht des Jungen. Seine Augen waren voll mühsam beherrschter Aggressivität.

»Fassen Sie mich nicht an!«, zischte er.

Langsam ließ Charlotte ihn los.

»Lasst mich doch alle in Ruhe!«, spuckte Kevin aus und trat gegen den Türrahmen.

Irgendwo musste seine wütende Trauer hin, Charlotte konnte ihn verstehen.

»Ich ruf eine Sozialarbeiterin an.« Sie hatte kaum ihr Handy herausgezogen, als die Stimmung der Jugendlichen umschlug. Plötzlich waren Vanessa und Kevin wieder ein Team.

»Wir brauchen niemanden vom Amt! Wir kommen schon alleine klar!«, sagte Vanessa bestimmt und legte schützend ihren Arm um Kevin. Der nickte bestätigend.

Charlotte sah Timmy an, der immer noch fernsah und so tat, als hätte er von alldem nichts mitbekommen.

»Habt ihr keine Verwandtschaft?«, fragte Charlotte. »Gibt es niemanden, der sich um euch kümmert?«

»Doch. Meine Oma.« Vanessas Antwort kam ein wenig zu schnell. Als sie Charlottes zweifelnden Blick sah, setzte sie aggressiv nach: »Ich ruf die an, echt.«

VIER

Am Ende des Tages machte Jochen Bender einen letzten Kontrollgang durch die Baracke und das angrenzende Büro. Ließ die Rollos vor den Fenstern herunter. Nahm die Mülltüte aus dem Papierkorb, knotete sie zu, setzte eine neue ein.

Sein Blick fiel auf einen der Stühle. Mechthilds Jacke hing noch über der Lehne, darunter ihre Handtasche.

Bender zögerte. Dann nahm er die Tasche, öffnete sie und inspizierte ihren Inhalt. Lippenstift, Puder. Ein Portemonnaie. Ein Adressbüchlein.

Er nahm das Portemonnaie heraus und klappte es auf. Passfotos von den drei Kindern. In einem der Fächer steckte ein Rezept einer Gynäkologin für eine Dreierpackung Anti-Baby-Pillen. Das Rezept war abgestempelt.

Vorsichtig schob er das Rezept zurück in das Fach, zog dann ein weiteres Foto heraus.

Es war ein Schnappschuss von ihm selbst. Das Foto zeigte ihn in seinem Büro bei der Arbeit. Er saß hinter dem Schreibtisch, den Telefonhörer in der Hand, und schaute ernst zur Kamera auf. Auf dem Foto wirkte er wichtig und würdevoll, ganz wie der Leiter einer Diakonie.

Bender zögerte einen Moment, dann zerriss er das Foto in kleinste Schnipsel.

Es musste wirklich nicht sein, dass die Polizei sein Foto in Mechthilds Handtasche fand. Regina Schottmüller mit ihrer Eifersucht war schon lästig und neugierig genug. Diese neunmalkluge rothaarige Kriminalbeamtin mit ihrem Katzenblick besaß vermutlich weibliche Intuition. Die durfte ihm nicht auf die Schliche kommen. Was würde sonst aus seiner Reputation?

Er wollte die Schnipsel schon in den Papierkorb fallen lassen, dann überlegte er es sich noch einmal anders und schob sie in die Hosentasche.

Die Polizei kontrollierte vielleicht den Papierkorb. Und ein zerrissenes Foto warf Fragen auf.

Bender steckte das Portemonnaie zurück in die Tasche und löschte das Licht.

***

»Ich hätte nie gedacht, wer alles die Mittagstafel nötig hat. Familien … da kämen Sie im Leben nicht drauf!«

Ina Springstub bugsierte einen Metallwagen voller konfiszierter Lebensmittel durch die Gänge des Polizeipräsidiums in Richtung Labor. Jan Gröner folgte ihr mit einem zweiten Wagen, der ebenfalls bis zum Rand mit Nahrungsmitteln gefüllt war, die die Polizisten den Kunden der Tafel abgekauft hatten.

»Wieso?«, gab er zurück. »Sie mit Ihrem Kind und der halben Stelle, Sie kommen doch bestimmt auch nur klar, weil die Eltern helfen!«

Ina blieb so abrupt stehen, dass er ihr mit seinem Wagen beinahe in die Hacken gefahren wäre.

»Das ist ja das Furchtbare! Da wird einem klar, wie haarscharf man an so einem Schicksal vorbeischrappt!« Ihre Stimme klang hilflos und wütend. »Aber so 'n schicker Porschefahrer wie Sie kennt solche Ängste natürlich nicht!«

Gröner schüttelte den Kopf. »So 'n schicker Porschefahrer macht sich einfach nicht immer über alles so einen riesigen Kopf!«

Ina nickte zustimmend. Genau so war es. Leute mit Geld mussten sich ihren Kopf nicht darüber zerbrechen, wie sie über die Runden kamen. Die hatten es gut.

Sie nahmen ihren Weg wieder auf und stellten die Wagen vor der Tür mit der Aufschrift »Labor« ab.

»Na, da kann sich das Labor aber nicht über Langeweile beklagen!« Dellwo kam aus seinem Büro geeilt und zog sich im Gehen die Jacke an. Er hatte es offensichtlich eilig, nahm sich aber trotzdem die Zeit, kurz stehen zu bleiben und den voll beladenen Wagen zu bestaunen. »Habt ihr Charlotte gesehen?«, fragte er, während er die Lebensmittel begutachtete.

»Kann es sein, dass du in letzter Zeit schlechter siehst?«, fragte Ina ihn mit einem schrägen Lächeln. »Schau mal, dahinten kommt sie.«

»Ich und schlecht sehen …« Dellwo strafte sie mit einem beleidigten Dackelblick, bevor er sich an Charlotte wandte. »Charlotte?«, rief er ihr aufgeregt zu. »Sie wissen jetzt, was für ein Gift es war!«

***

»Wir haben Zyanid-Ionen im Muskelgewebe nachgewiesen.« Die Gerichtsmedizinerin straffte die Schultern. Sie trug wie gewohnt ihren Wollschal, auch heute hatte sie ihn mehrmals um den Hals gewickelt. Wie zum Schutz gegen diesen ungastlichen Ort.

Charlotte und Dellwo schauten sie gespannt an.

»Zyankali kennt ihr bestimmt«, gab sie die nächste Information preis. »Das ist auch ein Zyanid.«

»Ja und, weiter?«, fragte Dellwo ungeduldig.

»Das Merkwürdige ist nur: Normalerweise wird Zyankali über den Mund aufgenommen, zusammen mit der Nahrung oder irgendeiner Flüssigkeit. Aber …« Die Pathologin trat an den Sektionstisch und öffnete mit zwei behandschuhten Fingern den Rachenraum der Toten. »Schaut mal her!« Sie wartete, bis Charlotte und Dellwo näher getreten waren. »Der Mund – und der Rachenraum – sind nicht verätzt!«

»Und der Magen?«, wollte Charlotte wissen.

»Auch nicht. Und auch in den Essensresten ist kein Zyankali. Aber Zyanid ist die Todesursache, eindeutig.«

»Ich hab mal im Fernsehen gesehen, dass Goldgräber Zyanid brauchen.« Der Famulant, der bis jetzt mal wieder planlos herumgestanden war, erwachte plötzlich zum Leben und meldete sich ungefragt zu Wort. »Gold löst sich nur in Quecksilber oder in Zyanid auf. Mit Zyanid kann man Gold aus Gestein herauswaschen. Man braucht Zyanid auch, um etwas zu vergolden. Die Alchemisten haben früher …«

»Ja, vielleicht wurde das Gift mit einer Spritze …«, unterbrach ihn Dellwo. Die Alchemisten interessierten ihn jetzt wirklich nicht. Wie hielt es die Gerichtsmedizinerin nur mit diesem Clown aus?

Die Pathologin zeigte auf Mechthild Stemmlers Arme, auf die makellosen Innenflächen.

»Nein. Keine Einstichstellen, keine Hautverätzungen, nichts. Es ist wirklich sonderbar. Ich seh sie mir noch mal in aller Ruhe an.«

»Ja, mach doch!«, sagte Dellwo mit unterdrückter Aggressivität. Worauf wartete sie denn? Niemand hielt sie von ihrer Arbeit ab.

»Morgen«, sagte die Pathologin bestimmt und zog mit einer entschiedenen Miene das Tuch über die Tote.

»Herr … Dellwo …?« Der Famulant räusperte sich verlegen und reichte Dellwo ungeschickt Mechthild Stemmlers Röntgenaufnahmen. Dellwo nahm sie mit einem verkniffenen Lächeln entgegen. Es war unverkennbar: Die Pathologin und ihr Famulant wollten Feierabend machen. So einfach war das.

Charlotte und er würden noch einige Stunden arbeiten müssen, bevor sie für heute Schluss machen konnten.

Charlotte verließ den Sektionsraum, ohne sich noch einmal nach der Rechtsmedizinerin und ihrem Famulanten umzusehen. Sie wollte noch rasch auf die Toilette, bevor die Fahrt wieder ins Polizeipräsidium ging. Das Labor befand sich im Präsidium selbst, aber die Pathologie war der Universitätsklinik angegliedert und lag im Stadtteil Sachsenhausen, neun Kilometer Autofahrt vom Präsidium entfernt. Ein ewiges Hin und Her im belebten innerstädtischen Straßenverkehr blieb da nicht aus.

Beim Händewaschen nahm sie sich Zeit. Sie genoss die kleine Pause, in der sie nichts hörte als das Rauschen des Wassers. Sie ließ es über ihren Puls laufen, spürte seine Wärme. Ein Blick in den Spiegel bestätigte ihr, dass sie müde aussah.

Sie dachte an die Tote, die nebenan unter dem weißen Laken lag. Gestern noch war sie eine lebendige junge Frau gewesen, die anderen gern geholfen hatte, und nun war ihr Leichnam ein Objekt der Wissenschaft, das kriminologische Rätsel aufgab. Charlotte hatte schon so viele Leichen gesehen, doch der Mord an Mechthild Stemmler wühlte sie auf und stimmte sie traurig.

Reichte es denn nicht, dass Mechthild zu Lebzeiten einem Peiniger ausgeliefert gewesen war? All die Knochenbrüche und Verbrennungen, die man ihr zugefügt hatte! Wie hatte sie so viele Misshandlungen nur aushalten können? Und dann ... Gewalt an der Mutter ging an den Kindern nicht spurlos vorbei. Was hatten ihre Kinder davon mitbekommen?

Charlotte fragte sich, was die drei wohl gerade machten, und der Anflug eines schlechten Gewissens überkam sie. Vielleicht hätte sie bei den Kindern warten sollen, bis die Großmutter in der Wohnung eingetroffen war. Vanessa war zwar schon achtzehn und somit volljährig, aber die Verantwortung für den halbwüchsigen Kevin und den kleinen Timmy konnte sie nicht allein übernehmen, dazu war sie doch viel zu jung.

Ob Vanessa die Oma überhaupt angerufen hatte?

Charlotte drückte den Knopf des Trockengeräts und rieb die Hände im Luftstrom aneinander.

Noch mehr angenehme Wärme. Fast schon wie Wüstenwind, dachte sie.

Ihr Blick fiel auf die Papiertüten, die an der Wand hingen. »Hygieneartikel« stand darauf. Darunter, auf dem Abfalleimer, prangte die Aufschrift »Damenbinden und Tampons bitte nur HIER hinein!«.

Im ersten Moment fühlte sich Charlotte seltsam an Mechthild Stemmlers Post-it-Zettelchen erinnert.

Dann fiel ihr spontan etwas ein.

Sie stürzte auf den Flur hinaus, vorbei an Dellwo, der im Gang auf sie wartete und rauchte, und erreichte die Gerichtsmedizinerin gerade noch, als sie den Sektionsraum abschloss. Sie war bereits im Mantel.

»Hat die Tote gerade ihre Tage gehabt?«, stieß Charlotte hervor.

Die Gerichtsmedizinerin sah sie überrascht an. »Ja, wieso?«

»Hautresorption«, sagte Charlotte rasch. »Wir haben immer nur an die Mundschleimhäute gedacht, aber ...«

»Mensch ... natürlich!« Die Ärztin schlug sich mit der flachen Hand vor die Stirn.

»Hat sie einen Tampon benutzt?«, wollte Charlotte wissen und sah die Gerichtsmedizinerin an. Doch die schaute ihrerseits fragend in das verdutzte Gesicht ihres Famulanten.

»Äh ... ja«, stotterte der Rotschopf.

»Habt ihr ihn asserviert?«, insistierte Charlotte.

Die kurze Euphorie der Gerichtsmedizinerin erlosch.

»Verdammt!« Sie warf einen Blick auf ihre Armbanduhr. »Wenn die Putzfrau noch nicht durch ist ...«, überlegte sie. »Vielleicht haben wir Glück!«

Eilig schloss sie den Sektionsraum wieder auf und sah irritiert zu ihrem Famulanten, der sich in Richtung einer anderen Tür auf den Weg machte.

»Ja wie, wollen Sie nicht suchen helfen?«, fragte sie genervt.

Der Famulant schüttelte den Kopf und deutete auf die gegenüberliegende Tür mit der Aufschrift »Asservate«. »Er ist da!«

Dellwo, der Charlotte gefolgt war, erfasste die Situation als Erster. »Sie haben das Ding asserviert?«

Alle Blicke waren auf den Famulanten gerichtet.

»Zusammen mit der Unterhose«, stotterte der. »Ich dachte, das muss man. War das falsch?«

Wenig später beugte sich die Gerichtsmedizinerin wieder über die Leiche und inspizierte den Intimbereich der Toten. Charlotte und Dellwo waren respektvoll am Fenster stehen geblieben

»Gratuliere!«, sagte sie zu dem mittlerweile gar nicht

mehr verunsichert wirkenden Famulanten. »So etwas hab ich noch nie auf dem Tisch gehabt. Das könnte Ihre erste Publikation werden!« Dann wandte sie sich an Charlotte. »Vermutlich ist der Tampon mit aufgelöstem Zyankali versetzt worden, mit einer Spritze müsste das leicht gehen.«

Dellwo enthielt sich dezent jeden Kommentars. Das hier war Frauensache.

Der Famulant dagegen wagte sich auf das fremde Terrain. »Aber ... äh, ich bin ja kein Experte ... aber: Quillt das dann nicht auf? Das müsste man doch merken?«

»Die Dinger sind mit Zellophan umwickelt«, meinte die Gerichtsmedizinerin knapp.

»Manche stecken auch in einer Röhre«, steuerte Charlotte bei.

Dellwo stöhnte leise auf. Er dachte an seine Freundin Eva. An ihre dunklen Locken, ihre samtene Haut. An ihr wohliges, tiefes Lachen. Und er dachte daran, dass auch Eva ein weibliches Wesen war, das Tampons benutzte.

Was war das für ein Mensch, der die intimsten Hygienebedürfnisse einer Frau missbrauchte, um sie zu töten?

»Wir müssen wissen, was für eine Sorte das war«, brachte er sich halbherzig ein.

Er wollte raus hier.

»Ja, machen Sie sich schlau!«, schlug die Gerichtsmedizinerin vor, und Dellwo registrierte erleichtert, dass sie nicht ihn damit meinte, sondern ihren Famulanten. »Holen Sie sich ein paar solcher Dinger. Und ... danke übrigens.«

Es war vermutlich das erste Mal, dass die Pathologin Freude an ihrem Famulanten hatte, den sie sonst so gern als Schnarchnase bezeichnete, und ihr Dank stürzte den jungen Mann in Verlegenheit. Das Gesicht des Rotschopfs bekam die gleiche Farbe wie seine Haare.

***

»Was für eine fiese Art zu morden! Geradezu perfide!«

Rudi Fromm spuckte die Worte voller Ekel aus und schüttelte sein graues Haupt. Der Leiter des MK3 hatte am Kopf des großen Konferenztisches Platz genommen, an dem sich alle zur Abendbesprechung versammelt hatten: Jan Gröner, Ina Springstub. Und natürlich Fritz Dellwo.

Charlotte stand am Ende des Raumes an der Leuchtwand und war dabei, die Röntgenaufnahmen von Mechthild Stemmler für alle sichtbar anzuheften. Sie betrachtete Rudi Fromm über den langen Tisch hinweg. So gemütlich und behäbig, wie ihr Chef in seinem karierten Hemd und dem sportlichen Sakko wirkte, so unwohl schien er sich in seiner Haut zu fühlen. Fromm war ein Gutmensch. Er dachte gut von anderen, und er meinte es gut mit anderen. Charlotte wunderte sich immer wieder darüber, dass er nach all den Jahren, die er bei der Polizei war, nicht abgehärteter war. Alles Böse erschreckte ihn nach wie vor. Und dieser Fall verstörte ihn zutiefst.

Dellwo nickte düster. »Perfide, aber schlau!«, warf er ein. »Der Täter musste nur den Tampon präparieren, ihn zurück in die Packung stecken – und in Ruhe abwarten. Er braucht noch nicht mal ein Alibi.«

»Wer tut so etwas?« Inas Stimme klang empört. Sie

hatte bis eben in der polizeiinternen Datenbank recherchiert und hatte ihren Laptop noch offen vor sich stehen.

»Also, ein Mann kommt da nie drauf!«, meinte Jan Gröner voller Überzeugung.«

»Wieso nicht?«, fragte Dellwo scharf.

»Weil er sich davor ekelt«, sagte Gröner bestimmt.

Fromm machte eine kleine unbestimmte Bewegung, die wohl besagen sollte, dass er Jan zustimmte.

»Ich glaube trotzdem, dass wir es hier mit einem männlichen Täter zu tun haben«, entgegnete Charlotte. Sie stand immer noch an der Leuchtwand und spielte abwesend mit dem Stift in ihrer Hand. »Diese Art zu morden ist ja fast symbolisch.«

Sie wollte ihren Gedanken näher ausführen, als Gröner auflachte: »Wieso?«

Ina kam ihr mit der Antwort zuvor. »Es ist ein Angriff auf die Weiblichkeit«, erklärte sie ihm.

»Tut mir leid. Ich verstehe das nicht«, beharrte Gröner stur und lehnte sich zurück.

»Ist doch klar!« Ina flüsterte fast.

»Gewalt gegen Frauen ist offenbar ein Thema in der Familie der Toten«, fuhr Charlotte fort und deutete auf die Röntgenbilder. »Mechthild Stemmler ist jahrelang schwer misshandelt worden.« Sie wies mit dem Stift auf mehrere Brüche, die auch für einen Laien klar zu erkennen waren. »Vermutlich von ihrem Mann.«

Ina schaute auf ihren Laptop. Sie war inzwischen in der Datenbank fündig geworden.

»Exmann. Er heißt Horst. Die Ehe ist vor drei Jahren geschieden worden. Soll ich auch ins Vorstrafenregister gehen?«

»Ja, bitte«, sagte Charlotte und sah dann in die Runde. »Mechthild Stemmler ist zwar von ihrem Mann geschieden, aber …« Sie entwarf mit schnellen Strichen auf der freien Fläche der Leuchtwand ein Soziogramm der Familie Stemmler. Den fünfzehnjährigen Kevin ordnete sie dem Vater zu und die achtzehnjährige Vanessa der Mutter. Zwischen die beiden Fronten schrieb sie: »Timmy, 10«. Dahinter setzte sie ein Fragezeichen. »Seit der Scheidung geht ein Bruch durch die Familie«, erläuterte sie ihre Skizze. »Die beiden Frauen einerseits, Kevin und sein Vater andererseits. Wo Timmy steht, weiß ich noch nicht.«

»Ihr meint also, der Ex-Mann der Toten könnte seine Misshandlungen auf diese Weise fortgesetzt haben?« Rudi Fromm wischte sich mit dem Handrücken über die Nase.

»Damit hätte er die Gewaltspirale noch einmal weitergedreht«, nickte Dellwo.

Charlotte schaute ihn dankbar an. Wenigstens ein Mann in dieser Runde, der ihrer Theorie folgte.

»Und was wäre das Motiv?«, wollte Fromm wissen.

»Hass …«, sagte Dellwo nachdenklich.

»Eifersucht?«, bot Charlotte an. Sie zog die Pillenpackung hervor, säuberlich eingetütet und beschriftet, und legte sie auf den Konferenztisch. »Eine Dreier-Packung Anti-Baby-Pillen, noch nicht benutzt. Hab ich in Mechthild Stemmlers Bett gefunden, versteckt.«

»Warum versteckt?«, fragte Gröner irritiert.

»Vielleicht hat sie einen heimlichen Liebhaber«, meinte Ina. »Oder sie hat gehofft, er würde ein Liebhaber werden?«

»Und warum versteckt sie dann ihre Anti-Baby-Pillen?«, fragte Dellwo.

»Sie wollte die Beziehung vor den Kindern geheim halten …«, sagte Ina.

»... und vor dem Ex-Mann«, brachte Dellwo ihre Überlegung zu Ende. »Bei der Vorgeschichte würde das Sinn machen.«

Ina nickte zustimmend. »Aber wie ist ihr Ex-Mann an das Gift gekommen? Wie kommt man überhaupt an Zyankali?«

Rudi Fromm lachte bitter auf und winkte ab. »Ich hatte mal einen Chemielehrer, als der starb, hat man ein ganzes Glas Zyankali bei ihm gefunden. Hatte er von der Schule mitgehen lassen. Und niemand hat's vermisst.«

Jan Gröner blickte verstohlen auf seine Uhr und seufzte.

»Na, aber die Zeiten sind ja wohl vorbei«, schnitt er Fromms Geschichte ab.

»Glaub ich nicht.« Dellwo war jetzt hellwach. Das Thema Giftbeschaffung interessierte ihn. »Wenn die kriminelle Energie da ist – ich wette, das schafft man schon irgendwie.«

»Hundert Euro ... dass Sie es nicht schaffen!«

»Geben Sie mir vierundzwanzig Stunden Zeit«, sagte Dellwo lakonisch.

»Top!« Gröner grinste, dann nahm er seine Jacke und stand auf. »Ich muss jetzt gehen, leider.« Er blickte um Entschuldigung heischend in die Runde. »Mein Wagen muss in die Werkstatt, den muss ich vor sieben abgeben.«

»Hier wird nicht gewettet!«, sagte Fromm streng. »Und hier wird auch nicht gegangen.«

Gröner zuckte die Achseln und ließ sich nicht aufhalten. Er schob seinen Stuhl zurecht und schritt zur Tür, als habe sein Chef kein Wort gesagt.

Fromm sah ihm irritiert nach. »Gröner!«, rief er seinem Untergebenen verärgert hinterher.

Doch Jan Gröner war schon aus dem Raum. Einfach weg.

»Ich hab hier die Adresse von Horst Stemmler«, versuchte Ina von dem Vorfall abzulenken. »Gallierweg 39. Und er hat auch ein Vorstrafenregister. Körperverletzung an seiner Frau«, las sie vor, »schwere Körperverletzung an seiner Frau … Immer wieder Gewalt gegen die Frau.«

Charlotte fröstelte. Sie hatte den Tag über kaum Zeit gehabt, etwas zu essen, und sie war hundemüde. Doch sie würden sich diesen Horst Stemmler heute noch vornehmen müssen.

Sie saß mittlerweile am Konferenztisch. Dellwo hatte die Hände auf dem Tisch zusammengelegt und nickte wissend. So viel zur traurigen Wirklichkeit, sagte seine Geste.

»Können wir auch gehen?«, wandte er sich dann an seinen Vorgesetzten.

»Hier geht doch sowieso jeder, wann er will!«, polterte Fromm ungehalten, stand selbst auf und verließ den Raum.

***

Jan Gröner jagte seinen Porsche am Mainufer entlang, den Blick stur auf die Fahrbahn gerichtet.

Frankfurts Skyline flog an ihm vorbei, ohne dass er ihr seine Aufmerksamkeit schenkte. Sonst liebte er die Aussicht auf die gediegenen viktorianischen Bauten, die sich vor den blitzenden Wolkenkratzern der Banken zu ducken schienen. Aber jetzt sah er weder die Müßiggänger, die am Ufer entlangschlenderten, noch den Schiffsverkehr auf dem Main. Und auch den imposanten Brücken gönnte er keinen Blick.

Vor einem Fußgängerüberweg sprang die Ampel auf

Rot. Gröner bremste scharf. Als es endlich Grün wurde, ließ er den Motor aufjaulen und jagte den Wagen vorwärts, zusätzlich gepeitscht von der harten Rockmusik, die in voller Lautstärke aus den Boxen dröhnte. Er gab noch mehr Gas, fuhr viel schneller als erlaubt.

Es war schließlich seine letzte Fahrt.

Minuten später bremste er den Porsche auf dem Hof des Gebrauchtwagenhändlers. Er hatte sich vorgenommen, es ein letztes Mal zu versuchen.

»Neuntausend ... das ist doch die pure Abzocke!«, erklärte er dem Händler, nachdem er sich aus dem niedrigen Auto gewunden hatte. Nur zögernd reichte er dem Mann, der seine Blicke begehrlich über den Sportwagen gleiten ließ, die Wagenpapiere und den Schlüssel. »Können wir nicht doch noch mal ...?«

Der Händler hielt schon ein Schild in der Hand, das er offensichtlich an die Windschutzscheibe heften wollte. Gröner legte den Kopf schief, um es lesen zu können.

»Notverkauf, 13.000 € zzgl. MwSt.«

Gröner wurde wütend. Und ihm bot der Typ nur neuntausend an?

»Neuntausend sind viel zu wenig für den Wagen, das wissen Sie doch selbst!«, nahm er einen neuen Anlauf, aber er merkte selbst, wie wenig überzeugend er klang. Er räusperte sich verlegen.

»Sie kriegen das Geld ja auch bar auf die Hand.« Der Autohändler lächelte schmierig. »Wenn Ihnen das zu wenig ist ... Bitte. Dann eben nicht. Ich muss ja schließlich auch noch was verdienen.«

Er knallte die Wagentür zu, die Gröner offen gelassen hatte, und reichte ihm die Wagenpapiere und die Schlüssel zurück. Wortlos wandte er sich um und ging über den Hof davon in Richtung seines Büros.

Gröner atmete tief durch, dann überwand er sich und lief dem Mann hinterher.

»Ich hab's doch nicht so gemeint. Warten Sie doch bitte!«

Zu Fuß und mit hochgezogenen Schultern verließ er wenig später das Gelände. In den Händen hielt er einen Packen Geldscheine. Es fühlte sich gut an. Obwohl ... Neuntausend Euro waren wirklich ein Jammer. Im Gehen zählte er noch einmal seinen Erlös, dann steckte er das Geld in die Jackentasche und beschleunigte seine Schritte.

Er drehte sich nicht um. Ein letzter Blick auf sein Schmuckstück hätte zu wehgetan.

Jan Gröner war kaum außer Sichtweite, als der Autohändler auch schon das Schild hinter die Windschutzscheibe stellte, das er bereits vor Gröners Ankunft beschriftet hatte.

Er hatte es vor einer Minute rasch noch einmal korrigiert. Aus der 3 war eine 8 geworden.

Gröners Porsche war jetzt ein Notverkauf für »18.000 € zzgl. MwSt«.

FÜNF

In der Frankfurter Römerstadt klingelten Charlotte und Dellwo an der Haustür von Horst Stemmler. Während Charlotte dicht vor der Tür wartete, trat Dellwo ein paar Schritte zurück auf die Straße, um das Haus und die Umgebung besser betrachten zu können.

Charlotte musste sich die Siedlung nicht näher ansehen, um zu wissen, wo sie hier war. Die Frankfurter Rundschau hatte der Römerstadt erst kürzlich einen ausführlichen Artikel im Feuilleton gewidmet. Die Bauten waren in den 1920er Jahren unter der Leitung des Stadtplaners Ernst May entstanden, es waren die ersten »voll elektrifizierten« Häuser Deutschlands gewesen. Und in jedem war die typische blaue Frankfurter Küche eingebaut worden, der Prototyp der modernen Einbauküche. Sie war aus Holz gewesen und blaugrün angestrichen, der Fliegen wegen. Fliegen mochten angeblich kein Blaugrün, das hatte Charlotte sich gemerkt. In den 1960er Jahren hatten die meisten Bewohner ihre Frankfurter Küche dann auf den Sperrmüll gestellt und modernere Küchenelemente eingebaut, doch äußerlich hatte sich die Siedlung kaum verändert. Die gepflegten Reihenhäuser mit den hübsch bepflanzten kleinen Vorgärten wirkten immer noch erstaunlich zeitgemäß.

Charlotte fragte sich, ob Horst Stemmler wusste, in was für einem geschichtsträchtigen Haus er lebte?

Auch Dellwo schienen die Häuser zu gefallen. »'ne richtig nette Wohngegend«, sagte er anerkennend. »Da hat sich Mechthild Stemmler ganz schön nach unten getauscht.«

»Offenbar war es ihr die Sache wert«, erwiderte Charlotte fast schnippisch.

Sie klingelte erneut, wartete einen Moment und zog dann ihr Handy heraus.

»Vielleicht ist er bei den Kindern«, warf sie Dellwo zu, während sie schon die Nummer von Vanessa eingab.

»Hallo, Vanessa, Charlotte Sänger hier, von der Kripo. Ist dein Vater bei euch?« Sie lauschte in ihr Handy und stellte sich Vanessa vor, wie sie auf dem Bett der Mutter saß, Mechthilds Bettdecke um die Schultern gezogen. Vielleicht war auch Timmy bei ihr, und sie hielt ihn im Arm und streichelte ihn.

»Nein, mein Vater ist nicht hier!« Vanessa klang matt und traurig.

»Hat er einen Schlüssel zu eurer Wohnung?«, fragte Charlotte schärfer, als sie beabsichtigt hatte.

Sie konnte hören, wie Vanessa schniefte. »Nein«, sagte sie fest. »Er hat keinen Schlüssel. Mama hätte sich sonst nicht sicher gefühlt.«

»Ist jemand bei euch?«, bohrte Charlotte nach. Vanessa hatte so sehr auf ihrer Selbstständigkeit bestanden. Darauf, dass sie ihnen keine Sozialarbeiterin in die Wohnung schickte. Und sie hatte sich darauf eingelassen. Hoffentlich war das richtig gewesen. Im Stillen wünschte sie sich, dass die Großmutter bei den Kindern war. Wenn es denn überhaupt eine Großmutter gab.

»Der Leiter der Mittagstafel war da, Jochen Bender«, erklärte Vanessa nun und fing an zu weinen. »Er hat Mamas Handtasche vorbeigebracht und die Jacke.«

»Wir brauchen die Handtasche«, sagte Charlotte eindringlich. »Nehmt nichts raus, rührt sie nicht an.«

Vanessa murmelte etwas, das wie eine Zustimmung klang.

»Wo ist Kevin?«, wollte Charlotte noch wissen.

»Keine Ahnung«, flüsterte Vanessa. »Der ist mit seiner Clique los.«

»Vanessa? Wenn dein Vater vorbeikommt oder anruft – sag mir Bescheid, ja? Du hast ja meine Handynummer.«

»Ja«, sagte Vanessa tonlos.

Als Charlotte das Gespräch beendet hatte, atmete sie tief durch. Sie konnte nur hoffen, dass Vanessa vernünftig blieb.

Dellwo war inzwischen mit Jochen Bender verbunden.

»Herr Bender? Wir wissen jetzt, woran Frau Stemmler gestorben ist«, erklärte er dem Leiter der Diakonie. »Es hat nichts mit der Mittagstafel zu tun!«

Charlotte sah, wie Dellwo mehrmals nickte. Vermutlich bekundete Bender ihm soeben seine Erleichterung. Was für ein Stein musste ihm vom Herzen fallen! Zuerst die kommunistischen Hetzblätter, die sein ehrgeiziges Projekt verhöhnten, dann das Gesundheitsamt, das ihm alles auf den Kopf gestellt hatte, und zu guter Letzt sie und ihre Kollegen vom MK3, die die ausgegebenen Waren zurückgeholt und konfisziert hatten. Der Verdacht, dass die Mittagstafel vergiftete Lebensmittel ausgab, musste ihn sehr belastet haben.

»Woran Frau Stemmler gestorben ist?«, fragte Dellwo gerade zurück. »Das tut nichts zur Sache. Aber es war ein persönliches Attentat auf Frau Stemmler, nicht auf die Mittagstafel.«

Dellwo hörte Bender noch eine Weile zu. »Danke noch mal für Ihre Kooperationsbereitschaft«, sagte er dann und ging in Richtung seines Wagens. »Ja, alles Gute, auf Wiedersehen.«

Er öffnete die Fahrertür im selben Moment, in dem Charlotte die Beifahrertür aufmachte.

Wortlos stiegen sie ein.

»Wenn du eine Apotheke siehst, die noch aufhat ...«, meinte Dellwo, »sag Bescheid. Dann halte ich sofort an.«

Der Feierabendverkehr hatte eingesetzt, und vor den Ampeln gab es die unvermeidlichen Staus, doch ansonsten kamen sie flott voran. Die Frankfurter sind unerschrockene Autofahrer und lassen auch in der Stadt die Tachonadel gern über die fünfzig steigen, ungeachtet aller Verkehrsvorschriften. Ein leichter Nieselregen benetzte die Windschutzscheibe. Dellwo schaltete die Scheibenwischer ein. Das rhythmische Geräusch wirkte einschläfernd; es war neben dem Motor das Einzige, was im Wagen zu hören war. Charlotte merkte erst jetzt, wie müde sie war. Sie nahm den Blick von der Straße und sah flüchtig zu Dellwo hinüber, der angestrengt auf die Fahrbahn starrte. Dann hing sie wieder ihren Gedanken nach.

Wo mochte Horst Stemmler sein? Hatte er sich abgesetzt? Charlotte hoffte, dass Vanessa ihr Versprechen hielt und sie anrief, falls er bei den Kindern auftauchte.

Sie hatten Charlottes Haus schon fast erreicht, als sie endlich eine Apotheke entdeckte. Dellwo hatte sie auch gesehen. Mit quietschenden Reifen bog er auf den Parkplatz ein, der offensichtlich zum Laden gehörte.

»Kann ich bei Ihnen Zyankali bestellen?«

Dellwos Frage verunsicherte die Apothekerin entschieden.

»Wozu brauchen Sie das?«, wollte sie wissen.

»Es ist eine reine Recherchefrage«, erklärte Dellwo und zückte seinen Ausweis.

»Ach so.« Die Apothekerin atmete erleichtert auf. »Also, da müssten Sie eine ärztliche Verordnung bringen, schätze ich mal. Aber ich glaube noch nicht mal, dass ich KCN über den Großhandel bestellen könnte. Ich war noch nie in der Situation. Aber ich werde das morgen mal checken.«

Sie lächelte freundlich, suchte hinter der Theke nach etwas zu schreiben und machte sich eine Notiz.

»KCN?«, fragte Dellwo.

»Das ist die Summenformel für Zyanide.« Die Apothekerin lächelte. »Wir sprechen von KCN oder Zyaniden. Zyankali ist genau genommen das Kaliumsalz der Blausäure.«

»Hätten Sie eine Idee, wie man sonst an Zyanid rankommen könnte?«, fragte Dellwo weiter und schaute über die Schulter zu Charlotte, die aufmerksam zuhörte. Sein vielsagender Blick signalisierte ihr: Gleich wird es spannend!

Die Apothekerin zögerte.

»Na ja, es ist Teil von Laborsets, zur Blutbilddiagnostik …«

»Eisenhärtung. In metallverarbeitenden Betrieben, da steht das Zeug gleich eimerweise rum.«

Ein später Kunde, ein Mann Ende fünfzig, schaltete sich ungefragt in das Gespräch ein. Er hatte hinter dem Regal mit Hustensaft gestanden, kam nun zum Tresen und stellte sich neben Dellwo und Charlotte.

»Wirklich?«, fragte Dellwo überrascht.

Der Mann winkte kopfschüttelnd ab. »Ich hab mal in einer Galvanisieranstalt gearbeitet. Da hätte ich mich jederzeit bedienen können.«

»Galvanisieranstalt ...« Dellwo nickte wissend. Dass er daran nicht eher gedacht hatte!

Er bedankte sich überschwänglich bei dem Mann, lächelte der Apothekerin zu und zog Charlotte mit sich auf die Straße hinaus.

***

Keine Frage, der Test war positiv.

Ungläubig starrte Regina Schottmüller auf das Teststäbchen in ihrer Hand. Frisch geduscht saß sie in ihrem seidenen Kimono auf dem Rand der Badewanne. Ihr großzügiges, ganz in gebrochenem Weiß gehaltenes Luxusbad grenzte gleich an ihr Schlafzimmer. Der riesige Mahagonispiegel über dem Waschbecken gab dem Raum nicht nur eine wohnliche Note, er ließ ihn auch wie die Garderobe einer Filmschauspielerin wirken. Ein einzelnes Philodendronblatt in einer Vase sorgte für noch mehr Eleganz. Die indirekte Beleuchtung tat ihr Übriges.

Regina hatte sich in der Apotheke einen besonders gut ablesbaren Test geben lassen. Es gab keinen Zweifel.

Sie war schwanger.

An der Wohnungstür klingelte es, doch das Geräusch drang nicht wirklich bis zu ihr vor. Zu viele wirre Gedanken und widerstreitende Gefühle überfielen sie in diesem Moment.

Ein Kind – das war etwas Wundervolles. Wie viele Jahre hatte sie sich ein Kind gewünscht! Hatte verzweifelt gehofft, schwanger zu werden. Sie hatte es sogar heimlich mit einer Hormontherapie versucht. Ihr langjähriger Lebensgefährte hatte unter ihrer Kinderlosigkeit gelitten und stets gereizt auf das Thema reagiert. Regina hatte immer geahnt, dass er »schuld« war, aber sie hatte ihn nie dazu bewegen können, zum Arzt zu gehen. Ein »Männlichkeitstest« war unter seiner Würde gewesen. Irgendwann hatten sie die Belastung nicht mehr ausgehalten, die Beziehung war zerbrochen. Regina hatte sich mit Arbeit abgelenkt, hatte ihren Brüdern tatkräftig im Betrieb geholfen, mehr noch: Auf der Flucht vor sich selbst war sie den Brüdern eine tüchtige Geschäftspartnerin geworden.

Nun hatte sie den Beweis. Sie war sehr wohl eine richtige Frau. Eine Frau, die Kinder gebären konnte. Alles an ihr stimmte.

Und dennoch: Wie würde ihre Zukunft aussehen? Würde sie das Kind allein aufziehen müssen? Würde es je einen Vater haben, der es in den Kindergarten brachte, der mit der Lehrerin sprach? Einen Vater, der sich offen zu seinem Kind bekannte?

»Regina?«

Plötzlich öffnete sich die Tür zum Bad.

Ines, Reginas Schwägerin, stand im regennassen Mantel in der Tür, in der einen Hand hielt sie den Haustürschlüssel.

»Was machst du hier?«, herrschte Regina sie an und versteckte hastig den Teststreifen hinter ihrem Rücken.

Ines war zehn Jahre älter als sie selbst, eine zierliche Frau Ende fünfzig, immer gepflegt und gut angezogen. Doch aus ihrem Gesicht sprach nur Bitterkeit. Seit ihr Mann vor Jahren an Krebs gestorben war, war sie zu einem unsicheren, wehleidigen Wesen mutiert. Franz Schottmüller war die Leitfigur in ihrem Leben gewesen, an seiner Seite hatte sie glänzen und sich bewundern lassen können. Er hatte bestimmt, wo es langging, hatte ihr aber auch alle existenziellen Sorgen abgenommen und ihr einen gesellschaftlichen Logenplatz eingeräumt: Gattin eines Fabrikbesitzers.

Und jetzt war sie so hilflos ohne ihn.

Ines war eine Frau, die Aufmerksamkeit liebte. Stets mussten alle an ihren Gefühlen Anteil nehmen. Da sie sich nun nicht mehr im Erfolg ihres Mannes sonnen konnte, trug sie wenigstens ihr Leid für alle sichtbar vor sich her. Den Ehering ihres Mannes hatte sie hinter den eigenen gesteckt, und gelegentlich, in Gesellschaft oder auch im Laden, spielte sie vor aller Augen an den Ringen, die sie als Witwe kenntlich machten.

»Was machst du hier?«, wiederholte Regina empört.

»Ich wollte noch mal mit dir reden«, erklärte Ines. »Wegen dem Verkauf.«

»Und da brichst du einfach hier ein?«

Regina war fassungslos. Die Entscheidung, Schottmüller und Söhne zu verkaufen, bereitete ihr erhebliche Sorgen. Sie wusste, dass auch Ines deshalb schlaflose Nächte hatte. Aber das war kein Grund, einfach in ihr Bad einzudringen.

Regina zog ihr Handtuch vom Kopf, warf es geschickt über den Teststreifen und riss ihrer Schwägerin die Zweitschlüssel aus der Hand, bevor die reagieren konnte.

»Ich will, dass du klingelst«, sagte sie barsch.

»Hab ich ja, aber …«, versuchte Ines sich zu verteidigen.

»Ich hab geduscht«, erklärte Regina bestimmt.

Es war ihr, als könne sie den Schwangerschaftstest, den sie nach dem Duschen gemacht hatte, durch diese Aussage vorübergehend ungeschehen machen. Ihre Schwägerin war nicht nur in ihren privaten Raum eingedrungen, sie hatte auch ihre intimsten Gedanken gestört. Beides hatte ein dringendes Bedürfnis nach Schutz in ihr ausgelöst.

Sie nahm das teure Abendkleid vom Haken, das sie bereits an die Tür zum Schlafzimmer gehängt hatte. Es steckte noch in der Plastikhülle der Reinigung.

»Jedenfalls wollte ich dich bitten, noch mal darüber nachzudenken«, hörte sie Ines in ihrem Rücken sagen.

»Ich brauche nicht mehr nachzudenken. Das Geschäft rentiert sich einfach nicht mehr. Wir schreiben nur noch rote Zahlen.« Regina öffnete die Tür zum Schlafzimmer und verließ das Bad.

»Ja, weil du einen Lebensstil hast, der …«, rief Ines ihr empört hinterher, verstummte dann aber und rang die Hände.

Regina machte kehrt und blieb im Türrahmen stehen.

»Du kriegst das gedanklich nicht sortiert, was?« Sie tippte sich an die Stirn. »Das bisschen, was ich mir zum Leben gönne, das macht die roten Zahlen nicht …«

»Aber was wird dann aus mir?«, flüsterte Ines aufgebracht. »Wer braucht denn heute noch eine Bandagistin?«

»Ja eben!«, sagte Regina kalt. »Du bist auch Bestandteil der roten Zahlen.« Sie verschwand nun endgültig im Schlafzimmer und knallte die Tür hinter sich zu.

Ines blieb im Bad zurück, sie zitterte vor Wut. Da war sie wieder, diese elende Hilflosigkeit. Als ihr Mann ihr noch zur Seite gestanden war, hätte sie so etwas nicht erleben müssen. Nie hätte Regina es zu seinen Lebzeiten gewagt, sie so anzugehen. Und als Reginas Vater noch lebte, der Firmengründer … der hatte sie verehrt! Wie dankbar war er ihr gewesen all die Jahre, die sie ihn gepflegt hatte! Er hatte gewusst, was er an ihr hatte. Ein Herz und eine Seele waren sie gewesen.

Nun war alles zerbrochen.

Ines' Hand zuckte zur Türklinke, sie wollte die Tür zu Reginas Schlafzimmer aufreißen. Aber dann war sie doch zu stolz dafür. Wer war sie denn, sich so zu demütigen? Vor Regina auf die Knie fallen, das fehlte noch.

Als sie hörte, wie Regina von innen absperrte, sprangen ihre Gefühle um. Wie kam dieses Luder dazu, sie derart zu behandeln?

Ehe sie sich versah, rüttelte sie an der Klinke, bummerte gegen die Tür.

»Ich habe deinen Vater bis zum Tod gepflegt!«, schrie sie. »Ich habe deinen Bruder bis zu seinem Tod gepflegt, und jetzt willst du mich einfach vor die Tür setzen?«

Doch aus dem Schlafzimmer kam keine Antwort.

Erst als ihre Fäuste schmerzten, hörte Ines auf zu trommeln und schlug nur noch ein paarmal matt mit der flachen Hand gegen das Türblatt.

»Du bist so ein Schwein!«, wimmerte sie. Dann ging ihr Wimmern in ein Kreischen über: »So ein verdammtes Schwein!«

Sie donnerte ein letztes Mal gegen die Tür. Tränen liefen über ihr Gesicht.

Im Schlafzimmer lehnte Regina an der verschlossenen Tür. Der Streit mit ihrer Schwägerin ging ihr näher, als sie sich eingestehen wollte. Es würde noch eine Reihe Veränderungen geben in nächster Zeit. Viele Gelegenheiten für Auseinandersetzungen, für Streit und Szenen.

Sie warf einen Blick auf ihr französisches Bett.

Auch heute Nacht, nach diesem ganz besonderen Tag, der vielleicht ihr Leben verändern würde, würde sie ganz allein darin schlafen. Nur die große Porzellanpuppe, die sie vor langer Zeit in einem Antiquitätengeschäft erstanden hatte, würde ihr wie immer Gesellschaft leisten und die leere Betthälfte bewachen.

Regina hängte das Abendkleid in der Plastikhülle an den Schrank und ließ sich auf das Bett fallen.

Sie sah das Telefon an.

Sie wollte ihre Freude teilen. Und ihre Angst.

Doch, sicher, sie musste ihm Bescheid geben. Sie musste wenigstens versuchen, ihn zu erreichen. Ein Wort nur am Telefon, ein Halbsatz. Er würde schon verstehen. Auch wenn er nicht antworten konnte, auch wenn er heute nicht mehr zu ihr kommen konnte, würde er sich genauso freuen wie sie.

Würde er das wirklich?

Sie hatte ihn nie im Unklaren darüber gelassen, wie unsicher ihre Verhütungsmethode war. Und er hatte das nie kommentiert, hatte nie Einwände gemacht.

Er wollte es also auch, oder? Auch er wünschte sich ein Kind. Ganz bestimmt war es so.

Sie griff zum Telefon und wählte die Nummer, die sie so gut kannte. Ein ewiges Tuten, dann nahm endlich jemand ab.

»Bender?« Eine Frauenstimme.

Regina lauschte, angespannt und enttäuscht. Eine vage, irre Hoffnung keimte in ihr auf. Vielleicht war er in der Nähe. Vielleicht stand er neben seiner Frau. Jeden Moment würde er ihr den Hörer abnehmen, um Ordnung in die Dinge zu bringen.

»Hier Frau Bender. Mit wem spreche ich?«

Eine Weile sagte keine der beiden Frauen ein Wort. Regina wagte kaum zu atmen. Eine unheimliche Stille lastete in ihrem Schlafzimmer.

»Sie wollen doch bestimmt meinen Mann sprechen.« Jochens Frau brach als Erste das Schweigen. »Jochen Bender, richtig?«

Regina antwortete nicht.

»Hallo?«, empörte sich Jochens Frau. »Jetzt hab ich's aber bald satt. Melden Sie sich, verdammt!«

Regina biss sich auf die Lippen und presste den Hörer fester ans Ohr.

Jochens Frau sprach weiter, aber ihre Worte waren nun nicht mehr an Regina gerichtet. »Ich will jetzt wissen, wie sie heißt!«, hörte Regina sie schreien. »Du sagst mir jetzt sofort, wie sie heißt!«

Dann wurde auf der anderen Seite der Leitung der Hörer aufgeknallt.

Reginas Gedanken rasten. Erstaunt stellte sie fest, dass sich ihre Gefühle in nur wenigen Minuten von Vorfreude über Sehnsucht und Enttäuschung in blanke Wut verwandelt hatten.

Der Feigling hatte tatsächlich neben seiner Frau gestanden.

Mit der Andeutung eines kleinen, genüsslichen Lächelns legte Regina ebenfalls auf. Die beiden würden sich noch wundern!

Sie zog die Nachttischschublade auf und holte ihren Zykluskalender hervor, in dem sie ihre morgendliche Temperatur eintrug. Auf zahlreichen Seiten hatte sie den tiefen Zacken, der den monatlichen Eisprung markierte, mit einem X gekennzeichnet. Doch auf dem letzten Blatt hatte sie statt des X ein Herz gemalt.

Ein Herz für die Liebe.

Nun schrieb sie in Schönschrift an das Ende der Kurve: »Positiv!«

***

Als sie die Apotheke verließen, war es draußen schon dunkel. Die Straßenlaternen brannten, und der Ginnheimer Spargel, wie die Frankfurter ihren Fernsehturm liebevoll nennen, leuchtete hoch über den Häusern am Himmel.

Schweigend stiegen sie in den Wagen, schweigend setzten sie ihre Fahrt fort und erreichten das Wohngebiet, in dem Charlottes Haus stand. Hier waren die Straßen fast menschenleer. Dellwo bemerkte im Vorbeifahren nur einen einsamen Spaziergänger, der seelenruhig zusah, wie sein Golden Retriever gegen eine Litfaßsäule pinkelte.

Er parkte den Wagen vor Charlottes Haus und warf einen Blick in den Rückspiegel. Die Tapetenrollen und Farbeimer auf dem Rücksitz erinnerten ihn an die bevorstehende Renovierung. Und daran, dass er mit Charlotte noch immer nicht offen darüber geredet hatte.

Dass er sie nicht gefragt hatte.

Schließlich war das Haus, in dem sie beide lebten, Charlottes Elternhaus. Das Haus ihrer Kindheit.

Auch Charlotte betrachtete die Wandfarbe, während sie die Wagentür aufmachte und ausstieg.

Eine Aussprache lag in der Luft, aber keiner von beiden wagte, den Anfang zu machen.

»Gute Nacht dann.« Charlotte schlug die Wagentür zu.

Dellwos Blick hing noch immer an den Farbeimern, als sie schon die Haustür ins Schloss fallen ließ.

Verpasste Momente, dachte er.

Charlotte machte Licht in der Wohnung und zog ihren Mantel aus.

Der Anblick all der alten Möbel schmerzte sie. Und die ganzen Jacken und Mäntel, die hier herumhingen! Lauter Sachen, die sie nicht mehr brauchte. Alles war mit zu viel alter Geschichte belastet. Mutters Taschenschirme mit den altmodischen Mustern und Vaters alte Spazierstöcke, alles alte Geschichte.

Sie hörte Dellwo die Treppe hochgehen. Sein Fernseher sprang lautstark an, wurde aber sofort leiser gestellt. Sekunden später war er kaum noch zu hören.

In einem plötzlichen Impuls griff Charlotte nach ihrem Schlüssel, rannte ins Treppenhaus und dann die Stufen hoch zu seiner Wohnung.

Vielleicht konnten sie doch noch reden. Konnten die Beklommenheit, die sich zwischen ihnen ausgebreitet hatte, vertreiben.

Als sie an seiner Tür klingeln wollte, hörte sie ihn drinnen in der Wohnung lachen. Er plauderte mit jemandem.

Offenbar telefonierte er mit Eva.

Keine Chance, dachte Charlotte.

Sie drehte sich um und ging die Stufen leise wieder hinunter. Als sie vor ihrer Wohnungstür stand, ging das automatische Flurlicht aus. Gleichzeitig öffnete Fritz oben die Wohnungstür.

»Charlotte?«, rief er herunter.

Doch der Moment war vorbei.

Leise stahl sich Charlotte in ihre Wohnung und schloss die Tür ab.

***

Vanessa hockte auf dem Sofabett im Wohnzimmer, auf den angezogenen Knien balancierte sie einen Schreibblock, auf der Bettdecke lag das Adressbuch ihrer Mutter.

Sie listete die Menschen auf, die über ihren Tod informiert werden mussten.

Am Fußende des Bettes hatte sich Timmy zusammengerollt wie eine Katze. Er schlief. Auch Kevin war mittlerweile zu Hause, er stand draußen auf dem Balkon und rauchte.

Als ihre Liste fertig war, legte Vanessa den Block zur Seite und kuschelte sich in die Decke, die immer noch ein wenig nach dem Parfum ihrer Mutter roch. Sie zog Timmy näher an sich, ließ ihren rechten Arm auf seiner Hüfte ruhen, damit sie jederzeit spüren konnte, dass er bei ihr war.

Dass sie nicht allein war.

Sie musste ihre Gedanken unter Kontrolle halten. Durfte sich das Gesicht ihrer Mutter nicht vorstellen, nicht zu sehr in ihre Trauer fallen. Sie würde versuchen, ein wenig zu schlafen. Sie brauchte den Schlaf, brauchte Kraft, musste stark sein. Stark sein für Timmy.

Ihre Tränen flossen lautlos.

SECHS

Jan Gröner starrte genervt auf den Plan des Frankfurter Nahverkehrs. All diese verwirrenden, sich kreuzenden Linien und Symbole auf der Anzeigetafel! Wer sollte sich da denn zurechtfinden?

Er stand an der Bushaltestelle, der ersten, die er in der Nähe seiner Wohnung gefunden hatte. Es war noch früh am Morgen. Die meisten der Leute, die mit ihm an der Haltestelle warteten, schienen sich noch im Halbschlaf zu befinden. Schweigend saßen oder standen sie herum und dösten vor sich hin. Nur wenige hatten eine Zeitung oder ein Buch dabei, um sich die Wartezeit zu verkürzen.

Gröner fasste das Paket fester, das er unter dem Arm hatte. Das Teil durfte ihm nicht wegrutschen. Auf keinen Fall durfte es zu Boden fallen. Es wäre zu schade um den schönen neuen Kaffeeautomaten aus Edelstahl.

***

Im Polizeipräsidium hatte MK3-Leiter Rudi Fromm in seinem Büro die sockigen Füße auf den Schreibtisch gelegt und studierte mit großem Interesse den Aufmacher des Lokalteils. Die gestrige Rückrufaktion bei der Mittagstafel füllte die ganze erste Seite. Eine fette Schlagzeile fragte: »Vergiftet die Mittagstafel ihre Kunden?«

Der Artikel war reich bebildert, unter anderem mit Fotos von traurig dreinblickenden Bedürftigen. Man sah Polizisten beim Konfiszieren der Waren – ihre Gesichter waren mit Balken unkenntlich gemacht.

Dramatisch sah das aus.

»Was ist das denn für eine Scheiße! Ich krieg morgens um sieben einen Anruf von diesem Leiter der Diakonie, Jochen Bender …« Staatsanwalt Dr. Scheer hielt eine Begrüßung wohl für überflüssig. Er polterte noch auf dem Gang los, kaum hatte er Fromm durch die offene Tür in seinem Büro erspäht. Er machte ein paar Schritte auf ihn zu und stieß dabei gegen einen der Rollwagen, die die Kollegen in Fromms Büro geschoben hatten. Die Wagen waren über und über mit Lebensmitteln beladen – mit ebenjenen Lebensmitteln, die sie bei der Mittagstafel konfisziert hatten.

Scheer gab dem Wagen verärgert einen Stoß. Orangen rollten hinunter und kullerten über den Boden wie Bowlingkugeln.

Fromm zuckte zusammen, blieb jedoch ungerührt hinter seinem Schreibtisch sitzen und ließ auch seine sockigen Füße auf der Schreibplatte ruhen.

»Dieser Bender will eine Pressekonferenz von uns, eine Richtigstellung!«, empörte sich Scheer. »Und weswegen? Weil ihr sooo eine Welle macht … Ich hoffe, es ist wenigstens was dabei rumgekommen?«

Fromm schaute den Staatsanwalt über die Zeitung hinweg unschuldig an. »Ja«, meinte er gemütlich. »Scheint ein Beziehungsmord zu sein!«

Scheer betrachtete angewidert die Rollwagen voller Lebensmittel. »Und wer bezahlt jetzt den Rücktransport von diesem Zeug zur Mittagstafel?«

Fromm stöhnte leise. »Eigentlich … äh … eigentlich haben wir das gekauft …«

Scheer guckte ihn an, als würde er nicht richtig ticken.

»Na ja.« Fromm vollführte mit dem Arm eine unbestimmte Geste. »Wir mussten den Beziehern der Mittagstafel ja eine Entschädigung bieten, die hätten das sonst nicht hergegeben. Dafür gehört das jetzt aber alles uns.«

»Wie viel?«, bellte der Staatsanwalt.

»So …« Fromm legte eine Kunstpause ein. »Tausend!«, sagte er dann sanft.

»Tausend?«, brüllte Scheer. »Tausend Euro für ein paar Orangen? Wenn der Bund der Steuerzahler anruft … dann seid ihr dran!«

Er nahm eine Orange vom Rolltisch, betrachtete sie kurz und legte sie mit angeekelter Miene wieder zurück. Wütend verließ er das Zimmer, ebenso wütend rannte er den Flur entlang.

Fritz Dellwo und Charlotte Sänger, die ihm auf dem Gang begegneten, kamen ihm da gerade recht.

»Und ihr schraubt vielleicht erst mal euer Gehirn ein, bevor ihr die halbe Stadt gegen uns aufbringt!«, blaffte Scheer.

Die beiden sahen sich vielsagend an, zogen es dann aber vor, auf eine Antwort zu verzichten.

Rudi Fromm atmete tief durch. Er nahm die Füße vom Schreibtisch, tastete unter dem Möbel nach seinen Schuhen und schlüpfte hinein. Dann stand er auf, trat an den Rolltisch mit den Lebensmitteln und nahm ebenfalls eine Orange in die Hand. Nachdenklich betrachtete er sie. Es war zu schade um die vielen Vitamine.

Die Frucht in der Hand, trat er auf den Flur und rief in voller Lautstärke: »Kann mal einer eine Saftpresse besorgen?«

Als Dellwo und Charlotte den Konferenzraum betraten, stand Ina mit einem leeren Becher vor der alten

Kaffeemaschine, die röchelnd und sehr langsam ihre Arbeit tat. Nur eine Armlänge von ihr entfernt war Jan Gröner damit beschäftigt, eine von ihm angeschleppte Kaffeemaschine aufzubauen. Eine Kaffeemaschine der Luxuskategorie. Ein glitzerndes Wunderwerk der Technik.

»Die Gerichtsmedizin hat angerufen …«, informierte Ina rasch Charlotte und Dellwo. »Es ist ein Tampon einer häufig verwendeten Marke, normale Größe.«

Ihre Auskunft ging in ein Gähnen über, sie war zu müde, um es zu unterdrücken.

»Du siehst ganz schön fertig aus«, sagte Dellwo mitfühlend.

»Dan-ke!«, machte Ina. »Aber wenn du meine Nacht hinter dir hättest, sähst du auch nicht besser aus.«

»Der Kleine wieder?«, fragte Charlotte.

Ina nickte. »Um drei hab ich den Vater angerufen. Ich konnte einfach nicht mehr, ich hätte ihn sonst umgebracht, ungelogen …«

Sie brach mitten im Satz ab, denn Dellwo und Charlotte besprachen bereits ihren Tagesablauf, und keiner hörte ihr mehr zu. Die strapaziösen Nächte einer alleinerziehenden Mutter interessierten niemanden.

Die alte Kaffeemaschine hatte ihr Werk endlich vollbracht und zu gurgeln aufgehört. Ina schenkte sich von der schwarzen Brühe ein. Während sie an ihrem Becher nippte, beobachtete sie interessiert den Kollegen Gröner, der seine Edelstahlmaschine nun fertig aufgebaut hatte: ein teures Schickimickiteil, das alle möglichen Sorten Kaffee auf Knopfdruck produzieren konnte.

»Ihr Einstandsgeschenk?«, fragte sie. »Echt großzügig!«

Gröner war noch nicht lange beim MK3 und den

Kollegen noch einen Umtrunk zum Einstand schuldig. Fromm hatte ihn deshalb schon aufgezogen, aber Gröner hatte sich bislang stur gestellt. Dass er nun gleich so eine teure Maschine anschleppte, wunderte sie. Ein paar Flaschen Wein und ein paar Kekse hätten es auch getan. Andererseits brauchte das MK3 nichts dringender als eine neue Kaffeemaschine. Endlich würde mit dem Geröchel des altersschwachen Vorgängers Schluss sein.

Doch Ina hatte sich zu früh gefreut. Gröner pappte ein Preisschild an die Maschine: »Siebenhundertfünfzig Euro«, verkündete er.

***

Charlotte und Dellwo bahnten sich ihren Weg durch die Hochhaussiedlung, in der Mechthild Stemmler gewohnt hatte. Die kahlen Betonbauten wirkten auf Charlotte genauso abweisend wie bei ihrem letzten Besuch. Sie warf im Vorbeigehen einen Blick auf den Hauseingang, vor dem Kevin mit den anderen Kids herumgelungert hatte, doch diesmal war keiner der Jugendlichen zu sehen. Ob Kevin daheim war? Sie war gespannt, die Kinder wiederzusehen; sie wollte wissen, wie es ihnen ging und ob ihre Oma inzwischen bei ihnen war.

»Findest du auch, dass ich vorschnell war?«, fragte Dellwo bedrückt und riss sie aus ihren Gedanken.

Charlotte warf ihm einen zögernden Blick zu. Würde er ihr jetzt erzählen, dass er eine neue Wohnung gefunden hatte? Eine Wohnung für ihn und Eva, die er in den nächsten Tagen renovieren würde? Wozu sonst hatten die beiden so freudig Farben und Fellroller gekauft …? Sie wartete auf seine Erklärung, aber als Dellwo weitersprach, verstand sie, dass er die Rückholaktion meinte.

»Es geht mir nicht um Scheer. Sondern um die Mittagstafel. Ich wollte denen doch nicht schaden!«, sagte er.

Charlotte überlegte kurz.

»Ich würde es wieder so machen«, sagte sie dann. »Was die Presse draus macht, ist nicht unsere Sache.«

Als sie an Mechthilds Wohnungstür klingelten, öffnete ihnen Horst Stemmler. Charlotte erkannte ihn sofort, sie hatte das Fahndungsfoto, das Ina aus der Polizeidatei herausgesucht hatte, noch gut in Erinnerung.

Er war groß, hatte volles dunkles Haar, ein gut geschnittenes Gesicht. Mechthilds Ex-Mann war ein echter Hingucker, urteilte Charlotte rasch. Aber dieser Mann schien das nur allzu gut zu wissen. Seine Attitüde war die eines Hochstaplers: aufgesetzt selbstbewusst, ein wenig herablassend und viel zu glatt.

»Ja, bitte …?«

Noch ehe Charlotte etwas sagen konnten, tauchte Vanessa aus der Wohnung auf. Sie wirkte blass und verweint, aber beherrscht.

»Die sind von der Kripo«, erklärte sie ihrem Vater, dann bat sie Dellwo und Charlotte herein.

Charlotte bedeutete Dellwo mit einem kaum merklichen Nicken, dass er sich um Hort Stemmler kümmern solle, und verschwand selbst in Richtung Bad. Es kam ihr nun zu Hilfe, dass sie die Wohnung schon kannte, und Dellwo tat ihr den Gefallen und nahm sich den vorbestraften Familienvater vor. Ihre Zusammenarbeit klappte wie in besten Zeiten. Während Dellwo sich im Wohnzimmer mit Horst Stemmler unterhielt, untersuchte Charlotte Mechthilds Hygieneartikel. Vanessa war ihr gefolgt und sah zu, wie sie Gummihandschuhe anzog und die Tamponpackung, die auf dem Brett vor dem Spiegel stand, sorgfältig in einer Plastiktüte verschloss.

»Du und deine Mutter – habt ihr euch die Tamponpackung geteilt?«, fragte Charlotte.

Vanessa schüttelte den Kopf. »Nein, ich finde Tampons eklig, ich nehm Binden«, sagte sie leise. »Wieso?«

Für einen kurzen Moment trafen sich ihre Blicke im Spiegel.

Wie offen und natürlich das Mädchen ist, dachte Charlotte. Und schon so selbstständig für ihr Alter. Sie war Mechthild bestimmt eine große Stütze gewesen. Und jetzt? Jetzt musste das Mädel über Nacht erwachsen werden und auch noch auf den kleinen Bruder aufpassen. Was wohl aus ihrem geplanten Aufenthalt an der amerikanischen Westküste werden würde? Vermutlich nichts. Goodbye, America.

Vanessa tat Charlotte leid. Aber es gab keine Möglichkeit, sie zu schonen. Nicht wenn der Mord an ihrer Mutter aufgeklärt werden sollte.

»Deine Mutter ist durch einen vergifteten Tampon umgebracht worden«, sagte sie ruhig.

Vanessa sah sie erschrocken an.

»Ich muss wissen, wer Zugang zu eurem Bad hatte«, fuhr Charlotte fort. »Vielleicht ihr Freund …«

»Sie hatte nur Freundinnen«, erklärte Vanessa bestimmt.

»Und Feinde?« Charlotte ließ nicht locker. »Hatte sie Feinde?«

Vanessa überlegte. »Nur mein … sogenannter Vater«, sagte sie dann.

»Hatte er Zugang zum Bad hier?«, wollte Charlotte wissen.

Vanessa schüttelte den Kopf. »Nein. Der hat keinen Schlüssel, zum Glück.«

Charlotte nickte und sah sich erneut um. Das Bad war mit preiswerten Möbeln eingerichtet, aber es wirkte sauber und ordentlich. Die bunten Handtücher und die adrett arrangierten Kosmetikartikel gaben dem Raum sogar etwas Gemütliches.

Zuoberst auf einem Wandregal stand eine Flasche Parfum. Sie sah teuer aus.

Charlotte nahm den Flakon herunter, öffnete ihn und roch daran. Vanessa sah ihr aufmerksam zu.

»Von wem hat deine Mutter das?«, fragte Charlotte. »Selbst gekauft?«

»Neunundfünfzig Euro?«, gab Vanessa spöttisch zurück. »Wir haben dreihundert im Monat zum Ausgeben. Nee. Sie hat gesagt, sie hat es von der Mittagstafel, als Weihnachtsgeschenk. Aber ... ich glaub nicht, dass die Mittagstafel so viel Geld hat.«

Charlotte zog die Brauen hoch. »Glaubst du, sie hat es von einem Mann? Von Jochen Bender?«

Vanessa sah sie ratlos an. »Ich weiß nicht. Ich glaube schon, dass sie ihn sehr mochte. Andererseits ... der hat doch Kinder und ist verheiratet. Das wäre überhaupt nicht Mamas Stil.« Sie zuckte mit den Achseln, dann sagte sie nachdenklich: »Aber Mama hat mir ja auch nicht alles erzählt.«

Im Wohnzimmer servierte Horst Stemmler einem erstaunten Fritz Dellwo Kaffee, ganz Gastgeber und ganz so, als wäre er hier zu Hause. Dass seine Frau mit den Kindern vor ihm in diese Wohnung geflohen war, spielte für ihn wohl eine eher untergeordnete Rolle.

»Hatte Ihre Frau ...«, begann Dellwo, brach dann

aber ab und wandte sich an Kevin, der am Fenster stand und saubere Wäsche aus dem Wäschekorb in eine Reisetasche packte: »Hatte deine Mutter Feinde?«

Kevin sah seinen Vater ratsuchend an. »Hatte sie?«, gab er die Frage an ihn weiter.

»Er will nichts Schlechtes über seine Mutter sagen, das verstehe ich«, sagte Stemmler. »Aber sie hatte Feinde, und nicht zu knapp! Wissen Sie, sie war eine sehr machtbewusste Frau.«

Dellwo unterdrückte ein bitteres Auflachen. »Machtbewusst? Waren Sie nicht derjenige, der sie misshandelt hat?«

»Ich? Ich habe sie geliebt!« Stemmler schossen tatsächlich ein paar Tränen in die Augen.

»Er konnte es ihr bloß nicht so zeigen!«, half Kevin seinem Vater. »Aber er hat eine Therapie gemacht! Und Mama ...«

»Ich hab sie geliebt!«, wiederholte Stemmler hilflos.

»Und deswegen mussten Sie sie immerzu schlagen?«, fragte Dellwo ungerührt. Er kannte solche Typen nur allzu gut.

»Er hat sich geändert!«, schrie Kevin und trat gegen den Wäschekorb. »Für ihn war das auch schlimm!«

»Danke, Kevin!« Stemmler warf seinem Sohn einen gerührten Blick zu. Dann sagte er leise zu Dellwo: »Wenn ich so schlimm wäre ... glauben Sie, mein Sohn würde mich dann verteidigen?«

Dellwo zuckte die Achseln. Er hatte in zu vielen Befragungen zu viele Männer das Blaue vom Himmel herunterlügen hören. Was wusste er, was diesen Vater und seinen halbwüchsigen Sohn verband? Er dachte an Charlottes Skizze im Konferenzraum. Hatte sie Horst Stemmler und Kevin nicht in einer Achse gezeichnet? Vater und Sohn auf der einen Seite, Mutter und Tochter auf der anderen?

Nur bei Timmy war sie sich unsicher gewesen.

Genau in diesem Moment kam er herein.

»Na, komm her, mein Junge!« Stemmler klopfte sich aufs Knie, damit Timmy dort Platz nehmen sollte. »Komm her zu mir!«

Timmy gehorchte zunächst nur zögernd, setzte sich dann aber auf den Schoß seines Vaters.

Dellwo überlegte. Für ihn war es nun keine Frage mehr, wo Timmy stand.

»Und Sie waren nie in der Wohnung hier?«, setzte er neu an.

Stemmler nickte, während er Timmy über den Kopf strich.

»Und das könnt ihr bestätigen?« Dellwo schaute zu Kevin, der kurz nickte, während er weiterhin vor dem Fenster seine Wäsche sortierte, und zu Timmy, der sich nun zärtlich an den Vater drückte, Dellwo aber nicht ansah.

Timmys Blick wanderte fragend zu Kevin. Als der nickte, bejahten beide wie aus einem Mund.

Das Klingeln an der Wohnungstür durchbrach den Moment der brüderlichen Einhelligkeit. Die Frau, die wenige Sekunden später zusammen mit Vanessa ins Wohnzimmer kam, erkannte Dellwo sofort. Es war Anne Zimmer, die Frau, die aus den Orangen vom Mittagstisch Marmelade gekocht hatte, als er bei ihr die Nahrungsmittel konfiszieren wollte. Sie trug nun eine dunkle Brille und umklammerte mit beiden Händen einen Blindenstock.

»Wann ist denn das passiert?«, fragte sie fassungslos. Ihre Lippen bebten.

Vanessa hatte ihr wohl gerade gesagt, dass Mechthild

tot war. Sie hatte die Tür geöffnet und war einen Moment mit ihr allein gewesen.

»Gestern Vormittag.« Vanessa kämpfte mit den Tränen, dann ging sie auf Anne Zimmer zu und umarmte sie fest. Eine spontane Geste der gemeinsamen Trauer. Die Blinde hielt sich seltsam steif in Vanessas Armen, so als wäre ihr Schmerz zu groß, um ihn mit jemandem teilen zu können.

»Darf ich fragen, wer Sie sind?«, erkundigte sich Charlotte ruhig, die gerade ins Wohnzimmer trat.

»Anne Zimmer.« Die Frau versuchte, sich von Vanessa freizumachen. »Ich hab Frau Stemmler bei der Mittagstafel kennengelernt.«

»Sie waren befreundet?«, hakte Charlotte nach.

»Ja«, sagte Anne, und nun fing sie selbst an zu weinen. Ihre Wangen unter der dunklen Brille waren im Nu tränenüberströmt. »Aber ich wusste nicht ...« Sie riss sich endgültig von Vanessa los. »Vanessa ... Ich kann jetzt nicht, das kommt so plötzlich ...«

»Ich war gestern bei Ihnen und ...« Dellwo versuchte, das Gespräch in andere Bahnen zu lenken.

»Ich weiß noch, wer Sie sind«, gab Anne Zimmer zurück. »Ich hab ja kein Alzheimer.« Ihre Stimme war leise und traurig, aber es klang auch eine Spur Spott darin mit.

»Sollen wir Sie nach Hause fahren?«, bot Charlotte freundlich an.

»Nein danke, das geht schon, ich fahr mit dem Bus«, wies Anne Zimmer sie ab. Dann war sie auch schon in der Tür; sie hob nur noch einmal die Hand, um Vanessa zum Abschied zu winken.

»Wir sind hier auch fertig«, rief Charlotte ihr nach. »Halten Sie den Fahrstuhl für uns auf!«

In Fahrstühlen steht man nah beieinander, näher, als einem lieb ist. Daher schweigt man betreten und blickt auf die eigenen Schuhspitzen. So lange, bis der Fahrstuhl dort hält, wo man hinmöchte.

So ging es auch Charlotte, als sie mit Dellwo und der fremden Blinden gemeinsam im Fahrstuhl ins Erdgeschoss fuhr.

»Was wollten Sie bei Frau Stemmler?«, fragte sie, um das unangenehme Schweigen zu durchbrechen.

»Sie wollte mir was erzählen«, sagte Anne Zimmer und kämpfte gegen Tränen an. Sie biss sich auf die Lippen, sprach dann aber weiter. »Was Schönes, hat sie gesagt!«

Charlotte und Dellwo schauten sich wortlos an.

Sie schwiegen gemeinsam, bis der Aufzug unten ankam. Als sie ausstiegen, fasste Charlotte Anne Zimmer am Arm.

»Ich bringe Sie zur Bushaltestelle«, sagte sie.

Doch Anne machte sich los. »Das geht schon, danke. Ich höre am Schall, wo ich bin.«

»Am Schall?«, fragte Charlotte überrascht.

»Meine Schritte, das Geräusch des tastenden Stocks … Die Häuserwände werfen den Schall zurück. Daran kann ich mich orientieren. Ich komm allein zurecht.«

Mit diesen Worten war sie auch schon losgelaufen. Ihr Blindenstock tastete sich pendelnd über den Gehweg.

»Warten Sie!« Charlotte hatte sie eingeholt und hielt neben ihr Schritt. »Sie haben Mechthild Stemmler sehr gemocht, oder?« Sie wollte noch nicht aufgeben.

Anne Zimmer nickte nur und schwieg.

»Haben Sie eine Ahnung, wer ein Motiv haben könnte, Frau Stemmler zu töten?«, setzte sie nach.

»Weiß nicht«, sagte Anne tränenerstickt.

Charlotte begleitete sie bis zur Bushaltestelle und blieb dort schweigend neben ihr stehen. Als der Bus mit dunkel dröhnendem Motor vorfuhr, wandte Anne sich plötzlich doch noch an sie.

»Ist das der Siebener? Ich hör nur das Geräusch. Im Gegenlicht seh ich gar nichts mehr.«

»Ach, ein bisschen was können Sie also doch noch sehen?«

Charlotte wollte nicht indiskret sein. Es interessierte sie wirklich, wie viel Anne Zimmer noch sah. Sie wusste, dass Sehbehinderungen sehr unterschiedlich sein konnten und dass blind nicht gleich blind war. Manch einer, der einen Blindenstock trug, nahm noch schemenhafte Bilder wahr. Schatten, Bewegungen.

»Ich hab RP.« Anne schob Charlotte zur Seite, als wolle sie sie abschütteln. »Nur noch sechs Grad.« Ohne sich noch einmal umzudrehen, bestieg sie den Bus.

»Sie hat RP«, erklärte Charlotte Dellwo. Er hatte artig auf sie gewartet, dort, wo sie ihn vor Minuten stehen gelassen hatte. Nun marschierten sie nebeneinander auf seinen Wagen zu. »Weißt du, was das ist?«

»Das wirst du mir sicher gleich sagen. Regierungspräsident ist es bestimmt nicht«, witzelte Dellwo lahm.

»Nein! Es ist eine Augenkrankheit, die zur Erblindung führt. Sie hat nur noch sechs Grad, hat sie gesagt. Was muss man sich darunter vorstellen?«

»Ich habe keine Ahnung«, meinte Dellwo ungehalten. Er wollte offensichtlich etwas anderes loswerden. »Die Firma, bei der Horst Stemmler arbeitet, heißt Hanke und Co. Die Adresse ist Industriestraße Nummer vier. Und weißt du, was das für ein Betrieb ist? Eine Galvanisierungsanstalt.«

»Und wie uns der nette Mann in der Apotheke gesagt hat, gibt es in einem Galvanisationsbetrieb eimerweise Zyanid«, ergänzte Charlotte.

»Genau. Da fahr ich jetzt sofort hin!« Dellwo setzte eine entschlossene Miene auf.

»Gute Idee. Und ich fahr noch mal zu Regina Schottmüller. Vielleicht weiß sie, wer der unbekannte Mann in Mechthild Stemmlers Leben war.« Charlotte überlegte kurz. »Wie komme ich denn nun dahin, wenn du mit dem Auto zu der Firma von Horst Stemmler fährst?«

Dellwo grinste listig. »Mit dem Bus!«, sagte er mit gespielter Gleichgültigkeit.

Charlotte sah ihn entgeistert an. Sie hatten den Wagen erreicht, Dellwo schloss bereits die Fahrertür auf.

»War nur 'n Scherz!«, beruhigte er sie. »Passt schon. Die Schottmüller liegt gleich auf dem Weg. Der Galvanisationsbetrieb läuft uns schließlich nicht weg.«

Charlotte nickte dankbar. »Außerdem glaube ich auch gar nicht, dass es Horst Stemmler war. Er hat seine Frau unterdrückt und geschlagen. Wenn er sie aus Versehen zu Tode geprügelt hätte, würde das vielleicht passen. Aber so ein raffiniert geplanter Mordanschlag? Der liebt doch seine Kinder, da nimmt er ihnen nicht die Mutter weg.«

Das Sanitätshaus Schottmüller war in einem hellen, modernen Gebäude untergebracht. Die großen weißen Schiebetüren öffneten sich automatisch. Von der Eingangshalle aus konnte man in einen großen, offenen Werksaal sehen, in dem ein halbes Dutzend Arbeiter Beinprothesen montierte. Eine Frau im adretten weißen Kittel saß an der Rezeption und besprach sich mit einer Mitarbeiterin. Offensichtlich gingen die beiden ein Auftragsbuch durch.

»Kann ich Ihnen helfen?«, fragte sie freundlich, als sie Charlotte und Dellwo bemerkte.

Dellwo versuchte das Namensschild auf ihrem Kittel zu lesen, aber er sah nur verschwommene Buchstaben. Verflucht, so langsam wurde sein schwindendes Augenlicht wirklich zum Problem.

»Wir möchten zu Frau Schottmüller.«

Sie lächelte. »Das bin ich«, sagte sie fast entschuldigend, »aber Sie meinen bestimmt meine Schwägerin. Die ist im Büro, ich geh mal vor.«

In der Werkhalle wurden Dellwo und Charlotte von einer lebensgroßen Reklamefigur begrüßt: Regina Schottmüller – aus Pappe. Die Papp-Regina hielt einen Scheck in der Hand.

Erstaunt blieben sie vor der Figur stehen.

»Charity ist die effektivste Art, PR zu machen.« Die echte Regina Schottmüller war unbemerkt hinter sie getreten. Sie hatte allem Anschein nach das Gefühl, sich verteidigen oder zumindest etwas erklären zu müssen. »Gerade in unserer Branche, die es jetzt so schwer hat. Die Kassen verschreiben ja kaum noch was. Das Tolle an Charity ist: Man tut Gutes, und es macht auch noch Spaß. Die Mittagstafel ist mir richtig ans Herz gewachsen.« Ihre kleine Rede klang ein wenig wie auswendig gelernt. Bestimmt hatte sie diese Worte schon oft vorgetragen, vor der Presse zum Beispiel. Dann wurde ihr Blick härter. »Der Zeitungsartikel von heute Morgen ist eine Katastrophe für uns.« Sie legte eine kleine Pause ein, wohl damit Dellwo und Charlotte ihren Tadel verdauen konnten, und fügte dann spitz hinzu: »Haben Sie wenigstens vergiftete Lebensmittel gefunden?«

»Nein«, teilte Charlotte ihr sachlich mit. »Es war ein

persönlicher Anschlag auf Frau Stemmler, der nichts mit den Lebensmitteln der Mittagstafel zu tun hat.«

Das überraschte Frau Schottmüller nun doch. »Wie ist sie denn …?«

»Wie gut kannten Sie Mechthild Stemmler?«, unterbrach Dellwo.

»Oberflächlich«, sagte Frau Schottmüller schnell. »Nur von den Stunden her, die wir zusammen Dienst hatten.«

»Es gab da etwas, was Frau Stemmler einer Freundin mitteilen wollte«, übernahm Charlotte wieder. »Etwas Schönes, hat sie gesagt. Können Sie sich vorstellen, was das gewesen sein könnte?«

Regina Schottmüllers Blick verdunkelte sich. Dellwo hatte den Eindruck, dass sie sehr wohl ahnte, was das Schöne gewesen sein könnte, das Mechthild Stemmler begegnet war.

»Vielleicht hat sie im Lotto gewonnen?«, bot sie patzig an.

»Vielleicht war es auch eine neue Liebe?«

»Wir haben Hinweise, dass sie eine Affäre hatte«, legte Charlotte nach. »Haben Sie Veränderungen beobachtet?«

»Wie … Veränderungen?« Regina Schottmüller stellte sich dumm.

»War sie fröhlicher, hat sie mehr Wert auf ihr Aussehen gelegt …«, half Dellwo ihr weiter.

Regina Schottmüller sah ihn und Charlotte aus undurchdringlich neutralen Augen an. »Ehrlich gesagt, so genau hab ich nicht hingeguckt. Für mich sah sie immer gleich aus. Ein bisschen merkwürdig, ihre Kleider. Gewollt flippig, würde ich mal sagen. Für ihr sonstiges Aussehen und ihr Alter zu schrill. Nicht mein Stil.«

Dellwo und Charlotte wechselten einen raschen Blick. Die Chefin des Sanitätshauses schien die Ermordete nicht sehr geschätzt zu haben.

»Verraten Sie mir jetzt, wie Frau Stemmler ums Leben kam?« Sie klang ungeduldig, wollte die Befragung beenden.

»KCN, sagt Ihnen das was?«, fragte Charlotte.

»Zyankali«, antwortete Regina Schottmüller, ohne lange zu überlegen.

»Arbeiten Sie hier in Ihrem Geschäft mit Zyaniden?«

Regina Schottmüller sah mehrmals von Charlotte zu Dellwo, dann schüttelte sie wortlos den Kopf.

An der Windschutzscheibe von Dellwos Wagen klebte ein Zettel. Garantiert eine Knolle, dachte Dellwo verärgert.

»Verdammt, irgendwo muss man doch parken!«, rief er laut.

»Das ist nur Reklame!«, meinte Charlotte gelassen. »Schau doch richtig hin!«

Dellwo zupfte den Zettel unter der Windschutzscheibe hervor, versuchte, ihn zu lesen. Es ging nicht.

So kam er nicht weiter. Wie sollte er da arbeiten? Es gab zu viel zu lesen in seinem Job.

»Das ist mir jetzt scheißegal«, schnauzte er. »Aber ich brauch 'ne Brille. Vorhin hab ich gesehen, dass gleich da drüben ein Optiker ist. Auf der anderen Straßenseite. Willst du mitkommen? Geht bestimmt ganz schnell.« Ärgerlich zerknüllte er den Zettel und warf ihn auf die Straße.

»Optiker, okay.« Charlotte nickte gnädig.

Sie überquerten die Straße und wären dabei um ein Haar von einem vorbeirasenden Wagen erfasst worden.

Regina Schottmüller war mit überhöhter Geschwindigkeit aus der Hofeinfahrt von Schottmüller und Söhne gefahren. Sie musste es eilig haben. Wohin sie wohl wollte? Dellwo schüttelte den Gedanken schnell wieder ab und strebte auf den Optiker zu.

Er stand schon im Geschäftsraum, als Charlotte ihn einholte. Der Laden war menschenleer. Kein Kunde, nicht einmal ein Verkäufer war zu sehen.

Dellwo blickte sich suchend um. Die Tür war offen gewesen, also würde wohl noch jemand kommen.

Er nahm die eine oder andere Brille aus den zahlreichen Regalen, die hier überall herumstanden, und probierte sie an.

Er empfand die Gestelle ausnahmslos als Fremdkörper in seinem Gesicht. Brillen kaufen machte keinen Spaß, so viel war ihm schnell klar. Außerdem … Eine Lesebrille war ein Mittel, um Schwächen des alternden Körpers auszugleichen. Im Umkehrschluss war sie ein Zeichen, dass man älter wurde.

»Die erste Lesebrille?« Der Optiker erschien hinter der Theke und lächelte freundlich. »Haben Sie ein Rezept vom Augenarzt?«

»Muss man?«, fragte Dellwo hilflos zurück.

»Nein, Sie brauchen kein Rezept«, tröstete ihn der Optiker. »Wir können Ihre Sehschärfe auch hier testen. Die Kasse zahlt die Brillen sowieso nicht mehr. Wenn Sie bitte mitkommen? Da drüben steht unsere Refraktionseinheit …«

Er platzierte Dellwo auf einen Stuhl neben einem großen weißen Kasten, aus dem ein Schwenkarm ragte. An dem Schwenkarm waren zwei unförmige Platten montiert, deren Form Dellwo an zwei Lungenflügel erinnerte. In jedem Flügel war ein Guckloch, für jedes

Auge eins. Auf Dellwos Seite waren die Lungenflügel weiß lackiert. Auf der Seite des Optikers sah das Ganze viel komplizierter aus, eher wie ein futuristisches Kunstwerk. Da gab es Rädchen zum Verstellen und Gläser, die in die Gucklöcher gedreht werden konnten.

Charlotte sah nachdenklich zu. Sie schien nervös.

»Ich fahr noch mal zur Mittagstafel«, entschloss sie sich offenbar spontan.

»Willst du nicht warten?«, bat Dellwo. »So lange kann das hier ja nicht dauern.«

Charlotte schüttelte energisch den Kopf. »Ich hab das Gefühl, sie ist zu ihm gefahren, um … Irgendwas ist da jedenfalls.«

Dellwo seufzte. Er griff in seine Jackentasche, dann warf er Charlotte geschickt den Wagenschlüssel zu.

Der Optiker rückte das Messgerät zurecht, drehte an den kleinen Rädchen; Gläser rasteten mit einem Klacken in den dafür vorgesehenen Aussparungen ein.

»Acht … drei … sieben … eins … null.« Die erste Zeile klappte prima.

»Und die nächste Zeile«, verlangte der Optiker.

»Sechs … nee, fünf … zwei oder drei … eins.« Dellwo musste raten. So richtig lesen konnte er die zweite Zeile nicht mehr.

»Und die nächste?«

Ein paar Zeilen später ging überhaupt nichts mehr.

»Da ist Sense«, sagte Dellwo leise. Er sah jetzt nur noch schwarze Flecken.

»Tja. Irgendwann ist jeder dran«, unkte der Optiker. »Das ist das einzig Gerechte im Leben: Alle müssen altern und sterben.«

Dellwo fand diese Erkenntnis im Augenblick weniger erfreulich, ihm war auch nicht nach Witzen zumute.

Er wollte einfach nur wieder etwas lesen können. Und dann den aktuellen Fall lösen. Den Mörder von Mechthild Stemmler finden.

Horst Stemmlers Arbeitsplatz wartete auf ihn, der Galvanisationsbetrieb, in dem es mit ziemlicher Sicherheit Zyanide gab.

Der Optiker hatte mittlerweile eine monströse Brille geholt, kramte jetzt in einer Schublade mit Probiergläsern, zog zwei heraus, putzte sie sorgfältig und schob sie in die Halterung ein.

»Ist nur zur Kontrolle«, brummte er. »Der Phoropter, also das Messgerät, ist praktischer und schneller, aber diese Brille misst noch genauer. Der Phoropter zwingt Sie zu einer bestimmten Sitzposition, mit der Brille aber können Sie sich bewegen, wie Sie wollen.«

»Aha«, machte Dellwo, als der Optiker ihm das Ding auf die Nase setzte. Es war unangenehm schwer, und er sah damit bestimmt aus wie ein alter Uhu. Gut, dass Charlotte schon weg war und ihn nicht mehr sehen konnte.

Nun galt es wieder, Zahlen abzulesen. Verschwommene Zahlen, um genau zu sein.

Wie furchtbar, dachte Dellwo, wenn man eines Tages im Dunkeln steht. So gar nichts mehr sieht.

Er musste an Anne Zimmer denken. Wie sie sich den Weg zum Bus ertastet hatte. Vor seinem inneren Auge sah er ihren Blindenstock über das Pflaster tanzen.

Bevor der Optiker die nächsten Gläser einschieben konnte, fragte Dellwo: »Wissen Sie auch über Augenkrankheiten Bescheid?«

»Na sicher, das gehört zu meinem Beruf!« Der Optiker fühlte sich offensichtlich in seiner Ehre verletzt. »Was wollen Sie denn wissen?«

»RP …«, brummte Dellwo.

»Retinitis pigmentosa. Bei der RP sterben die Netzhautzellen allmählich ab, die Stäbchen zuerst, später werden auch die Zapfen in Mitleidenschaft gezogen. Das engt das Gesichtsfeld von den Außenzonen her ein. Am Ende bleibt nur ein kleiner Sehrest im Zentrum übrig. Der Betroffene hat ein Röhrengesichtsfeld.«

»Einen Tunnelblick?«, fragte Dellwo. »Ist ja schrecklich!«

Er hatte schon Panik, weil er nicht mehr ohne Brille lesen konnte – wie hilflos musste man sein, wenn man nur noch einen Tunnelblick hatte?

»Die ausgefallenen Zonen werden manchmal vom Gehirn ergänzt, wenn der Patient das Bild noch von früher erinnert«, erklärte der Optiker weiter. »Das Gehirn sieht mit. Wenn Sie bitte mal …«

Dellwo bekam wieder das Gestell auf die Nase, in das der Optiker während des Gesprächs noch einmal neue Gläser eingesetzt hatte. »Bei RP ist die Orientierung im Raum erheblich erschwert, während das Sehen im Zentrum noch funktioniert. Jemand mit Tunnelblick braucht einen Blindenstock für die Orientierung, kann aber noch ohne Brille die Tageszeitung lesen. Das führt manchmal dazu, dass RP-Patienten als Simulanten beschimpft werden.«

Das konnte Dellwo sogar nachvollziehen. Er stellte sich einen Mann auf einer Parkbank vor, eine gelbe Binde mit schwarzen Punkten am Arm, den Blindenstock neben sich – aber Zeitung lesend.

»Und wir sind hier auch schon fertig. Ihre Augen sind ganz normal, keine Hornhautverkrümmung, keine Achsverschiebung. Nur eine altersbedingte Weitsichtigkeit, das ist alles. Wenn Sie sich noch ein Gestell aussuchen wollen? Dann haben Sie ruck, zuck eine schöne Brille und können wieder alles lesen.«

»Danke.« Dellwo stand auf, tappte wieder in den Laden und sah sich erneut an den Regalen um. So viele Gestelle! Die Qual der Wahl. Obwohl ... Irgendwie waren sie sich doch alle ähnlich. Schmal und eckig, wie es die gängige Mode vorschrieb.

Charlotte, verdammt, sie hätte ihm doch wenigstens noch helfen können, ein Gestell auszusuchen!

***

Charlotte lief durch den Verkehr hinüber zum Sanitätshaus der Schottmüllers, vor dem Dellwos Wagen parkte. Während sie aufschloss, betrachtete sie noch einmal prüfend das Gebäude.

Regina Schottmüllers Schwägerin stand im Hofeingang, rauchte und starrte vor sich hin.

Wie trostlos sie aussah, wie leer.

Als sie Charlottes Blick spürte, wandte sie sich mit einer aggressiven Geste ab und ging hastig ins Geschäft zurück.

SIEBEN

Anne Zimmer tastete nach dem Stuhl vor Jochen Benders Schreibtisch, setzte sich vorsichtig, sah ihn dabei unverwandt an.

Es hatte sie Überwindung und Mühe gekostet, hierherzukommen. Sie bat nicht gern um etwas. Die Anstrengung, selbstständig zu sein – oder besser: es möglichst lange zu bleiben –, war in den letzten Jahren ihre einzige Waffe gegen die Krankheit gewesen. Nur durch ihre Selbstständigkeit bewahrte sie ihre Würde. Und solange sie ihre Würde behielt, war sie noch sie selbst.

Doch in letzter Zeit wurde es immer dunkler um sie. Nicht nur nachts.

Mit der Nacht hatte es angefangen. Nachtblindheit. Lange hatte sie nicht gewusst, wie wenig sie im Vergleich zu anderen sah, wenn das Licht schwand. Hatte nur gemerkt, dass andere sich sicherer verhielten, ihren Weg immer noch fanden. Bis es dann auch tagsüber immer dunkler um sie wurde. Und farbloser. Nun sah sie fast nur noch schwarz-weiß, und die Finsternis nahm stetig zu. Und das Graue. Im Gegenlicht sah sie kaum noch etwas, und bei diffusem Licht – wie zum Beispiel bei Nieselregen oder bei Nebel – verschwamm alles vor ihren Augen zu einer diesigen Suppe.

Es gab nichts, was sie dagegen tun konnte.

Es war nur eine Frage der Zeit, bis sie aufgeben würde. Bis alles zu Ende war.

Nun galt es, sich vorzubereiten: ein paar Dinge in

Ordnung bringen, die sie später nicht mehr würde regeln können. Unter anderem musste sie endlich demütig werden. Demütig werden und Hilfe annehmen. Und sie hoffte, dass ihr bei alldem ihr bitterer Humor noch eine Weile erhalten blieb, schließlich gehörte er zu ihrer Überlebensstrategie wie das Salz zum Ei.

»Sie sind Nassrasierer?«, fragte sie Jochen Bender belustigt.

»Ja, wieso?«, fragte er verdutzt zurück.

Manchmal konnte sie sehr wohl noch etwas sehen. Und auch nicht immer. Meist sah sie nur einen kleinen kreisförmigen Bildausschnitt, wie durch ein Guckloch. Wie ein Kind, das eine Hand zu einem Rohr formt und hindurchsieht, mehr war es nicht. Aber jetzt sah sie durch dieses imaginäre Rohr Jochen Benders Ohr. Und in diesem Ohr befand sich … Rasierschaum.

Sie lachte leise.

Je mehr sich ihr Blickfeld verringerte, desto aufmerksamer ging sie mit den Informationen um, die ihr die Augen noch lieferten. Wie ein Mensch, der nur ab und zu etwas zu essen bekommt, sich über eine Mahlzeit freut, so genoss sie das Wenige, was ihr noch zu sehen vergönnt war.

»Und Sie hatten es heute Morgen eilig …«

Sie deutete auf ihr eigenes Ohr, dann auf den Rasierschaum in seinem Ohr. Unwillkürlich fuhr Jochen Bender sich über die Stelle, wischte die Schaumreste ab.

»So etwas sehen Sie?« Er starrte fasziniert auf ihren Zeigefinger.

»Tja, ich kann das leider nicht steuern. Manches sehe ich, anderes nicht. Da lebt es sich gefährlich.«

»Sie meinen …«

»Schrankkanten und so«, gestand sie ihm, schob den

Ärmel ihres Pullis hoch und zeigte ihm ihren Arm. Er war voller blauer Flecken.

Es tat gut, »ganz normal« über die Krankheit reden zu können. Die meisten Menschen gingen sehr unnatürlich mit ihr um. Einige gaben sich salopp und taten, als sei ihre Erblindung nichts weiter als eine schief zugeknöpfte Jacke: »Schon okay, dass du blind bist. Aber lass uns jetzt bitte ins Kino gehen!« Viele behandelten sie wie ein rohes Ei und fassten sie nur mit Samthandschuhen an. »Vorsicht, da liegt etwas!« Dann gab es da auch noch diejenigen, die sie samt ihrer Behinderung ignorierten. Als hätten sie Angst, dass sie selbst erblinden würden, wenn sie nur an Blindheit dachten. Es war selten, dass sich jemand so unbefangen mit ihr über ihre Krankheit unterhielt wie Jochen Bender. Nur diese Kommissarin, Charlotte Sänger, die war genauso offen gewesen wie er. Mit der hätte sie auch reden können.

Wenn sie gewollt hätte.

»Aber das Problem mit den Tischkanten bin ich auch bald los.« Sie zog den Pulloverärmel wieder runter.

»Welches Problem?«, fragte Bender zerstreut und tippte etwas in seine Computertastatur.

»Dass ich was sehe.« Anne lachte leise. »Ich gebe mir noch drei, vier Monate, dann wird es völlig dunkel um mich. Deswegen bin ich auch hier. Ich muss mein Leben danach organisieren, mein Leben nach der Erblindung. Direkt gefragt: Haben Sie eine Beschäftigung für mich? Muss nichts Tolles sein, Ein-Euro-Job reicht mir. Es ist mehr, dass ich rauskomme.«

Jochen Bender lehnte sich in seinem Sessel zurück. »Ich weiß nicht ...«, sagte er zögernd. »Ich hatte Frau Stemmler einen Ein-Euro-Job angeboten, im Büro allerdings ... Wir sind nicht ausgerüstet für jemanden wie Sie.«

»Vielleicht kann man einen Blindenarbeitsplatz beantragen?«, meinte Anne freundlich.

Bender wiegte unentschlossen den Kopf, sein Blick ruhte auf der Schreibtischplatte. Anne konnte seine Anspannung förmlich spüren. Jetzt war ihr Fall ihm unangenehm.

»Hallo!«, durchschnitt eine Stimme die Stille. »Ich muss mit dir reden!« Regina Schottmüller riss die Tür auf und stand auch schon in Benders Büro. Ohne Anne eines Blickes zu würdigen, zog sie ihren Mantel aus und warf ihn über einen Stuhl. Der Mantel roch nach einem teuren Parfum, das Anne vage bekannt vorkam. Regina. Bedeutete der Name nicht … Königin? Genau so verhielt sich Regina Schottmüller: Sie tat, als sei dies ihr Büro, und sie benahm sich, als sei sie mit Jochen Bender allein.

»Wenn du vielleicht draußen wartest, wir sind noch nicht so weit«, sagte Bender abwehrend, aber Regina ließ sich nicht so leicht abwimmeln.

Ganz in der Pose der Chefin wandte sie sich an Anne: »Ich glaube, Sie haben mehr Zeit, oder?«

»Wir waren hier noch nicht fertig!«, beharrte Bender.

Anne kochte innerlich vor Wut, aber sie ließ sich nichts anmerken. Die Spielchen dieser Frau waren ihr zu dumm. Sie griff nach ihrem Blindenstock und stand auf.

»Sie haben ja meine Telefonnummer …« Anne schenkte Bender noch einen spöttischen Blick. Wie konnte er nur auf so eine Frau hereinfallen? Bei Mechthild hätte er es so gut gehabt. Die arme Mechthild.

Im Vorbeigehen riss Anne Reginas Mantel vom Stuhl.

»Oh, tut mir leid …«, sagte sie mit gespieltem Bedauern.

Es war ein Versehen. Dennoch durchflutete Anne eine Woge klammheimlicher Freude. Sollte Reginas teurer Mantel ruhig im Dreck liegen.

Regina schloss die Tür hinter Anne, bückte sich und nahm den Mantel vom Boden. Dann baute sie sich vor Bender auf.

»Mir sagst du, wir können uns nicht mehr treffen, weil du deine Ehe retten willst ... und dann nimmst du dir die Nächste?«

»Ich ›nehme mir‹ niemanden! Und damit du es weißt: Meine Frau weiß inzwischen Bescheid. Du kannst bei uns anrufen, so viel du willst, du treibst keinen Keil zwischen uns.«

Bender saß immer noch an seinem Schreibtisch. Er hatte von Anfang an keinerlei Anstalten gemacht, aufzustehen und auf Regina zuzugehen. Nun fühlte er sich hinter seinem Schreibtisch so angenehm sicher wie hinter einer Barrikade.

»Ach nein?« Regina holte tief Luft, dann spielte sie ihren Trumpf aus. »Und wenn ich nun ein Kind von dir kriege?«

»Was?« Bender sah erschrocken zu ihr auf.

»Ich bin schwanger!«

Sie sagte das leichthin. Eine gewisse Zufriedenheit schwang in ihrer Stimme, ja, Bender glaubte sogar, ein leichtes Siegesbewusstsein herauszuhören.

»Das ist nicht wahr!« Seine Gedanken rasten. Gerade gestern hatte er sich mit seiner Frau ausgesprochen. Hatte sie um Verzeihung gebeten. Hatte geschworen, dass alles anders werden würde. Wenn er ihr nun damit kam, dass Regina ein Kind von ihm erwartete ... Nicht auszudenken!

»Ich geh morgen zum Arzt. Du kannst mitkommen.«

Bender glaubte nicht recht zu hören. Sie sprach mit ihm wie mit einem glücklichen werdenden Vater, der es gar nicht abwarten konnte, der Mutter seines Kindes im Kreißsaal das Händchen zu halten. Für wie dumm hielt sie ihn eigentlich? Er wusste nicht nur, wie es in einem Kreißsaal aussah, er wusste auch, was es heutzutage bedeutete, ein Kind aufzuziehen.

Er hatte bereits zwei Kinder, verdammt.

Judoschule und Playstation, Inliner und Reitkurs, Schulausflüge und Kindergeburtstage: Was das kostete! Nicht zu denken an eine anständige Ausbildung. Wer heute nicht ein paar Auslandssemester vorweisen konnte, der hatte doch überhaupt keine Chance. Und das alles würde an ihm hängen bleiben. Denn Regina war pleite.

Ganz abgesehen von seiner Ehe, die er gerade wieder zurechtgerückt hatte, vorwiegend seinen Kindern zuliebe.

»Du hast es drauf angelegt«, sagte er dumpf.

Wie oft hatte er ihr gesagt, dass ihre Verhütungsmethode zu unsicher sei. Dass sie sich sterilisieren lassen sollte. So was machte man heute mit links durch den Bauchnabel. Vier Tage Krankenhaus, das war doch ein Klacks.

Er schaute Regina an. Sie hatte ihren Mantel bereits wieder angezogen, eine Hand lag auf der Türklinke.

»Eigentlich wollte ich dir von dem Kind gar nichts sagen«, warf sie ihm über die Schulter hin. »Aber na gut. Jetzt weißt du's.« Ihre letzten Worte klangen fast gönnerhaft.

»Du kannst das Kind nicht kriegen«, sagte er fest.

»Und ob ich das kann!«, gab Regina schnell zurück.

Bender ballte unter dem Schreibtisch die Fäuste. Ihre Mein-Bauch-gehört-mir-Nummer brachte ihn zur Weißglut. Als Erzeuger hatte er ein Wort mitzureden; sie durfte ihn nicht so einfach übergehen.

Früher hatte er ihre Selbstherrlichkeit und ihr Machtbewusstsein für Stärke gehalten. Er hatte ihre Zielstrebigkeit bewundert, ihre Eleganz und ihren guten Geschmack. Der Stallgeruch der alteingesessenen Frankfurter Geschäftsfamilie hatte ihn benebelt.

Mechthild dagegen war lieb und natürlich gewesen, freundlich und anschmiegsam. Obwohl sie es im Leben nie leicht gehabt hatte – oder vielleicht gerade deswegen? –, war sie so patent und praktisch gewesen. Sie hatte aus nichts etwas Schönes machen können und war immer dankbar gewesen für weniges.

Warum hatte ihn Reginas Gehabe nicht schon viel eher abgestoßen?

Als sie die Tür aufmachte und ohne ein weiteres Wort aus seinem Büro rauschte, erhob er sich endlich hinter seinem Schreibtisch, schob den Stuhl zurück und kam um den Tisch herum.

»Regina, warte!«

Er lief ihr nach, blieb dann aber schwer atmend draußen in der frischen Luft stehen.

Regina war fort.

In seiner Aufregung übersah er die Blinde, die ganz in der Nähe der Tür stand und sich leise ins Dunkel zurückzog.

Anne Zimmer hatte die ganze Zeit an der Tür gelauscht.

Im Gemeindesaal servierte die Mittagstafel den Bedürftigen ein warmes Mittagessen. Bender stellte sich an die Gulaschkanone und half wortkarg beim Austeilen des Essens. Heute gab es Erbsensuppe.

Der Streit mit Regina hatte ihm zugesetzt. Was, wenn sie das Kind tatsächlich behalten wollte? Und ... Warum musste sie gerade jetzt schwanger werden, wo er mit sich und seiner Familie wieder im Reinen war? Wie sollte er das alles seiner Frau erklären?

Er war noch ganz in Gedanken, als Charlotte Sänger plötzlich vor ihm stand, die Kommissarin.

»Hallo«, sagte er zerstreut. »Möchten Sie auch einen Teller Suppe?«

Die Kommissarin nahm sein Angebot freundlich nickend an.

Er zeigte ihr einen freien Tisch, der ein wenig abseitsstand, und bat sie, Platz zu nehmen; wenig später setzte er sich mit zwei Tellern Suppe zu ihr an den Tisch.

»Oh, mit Würstchen!«, freute sich die Kommissarin.

Bender fühlte sich für Sekunden in seine Kindheit zurückversetzt. Als Kind einer Arbeiterfamilie hatte er sich immer gefreut, wenn überhaupt Einlage in der Suppe schwamm. Würstchen hatte es nur an besonderen Tagen gegeben.

»Ja«, hörte er sich abwesend sagen. »Schmeckt gut.«

Eine Weile aßen sie schweigend. Nur das Geräusch ihrer Löffel war zu hören, wenn sie den Grund des Tellers berührten, und das stete, leise Gemurmel all der anderen Esser im Raum.

»Kommen Sie wegen was Bestimmtem?«, fragte Bender nach einer Weile. Ihm dämmerte jetzt erst, dass die Kommissarin mit Sicherheit viel Arbeit hatte – zu viel Arbeit jedenfalls, um ihre Zeit grundlos bei der Mittagstafel zu verbringen. Und bestimmt hatte sie auch genug Geld, sich selbst eine warme Mahlzeit zu kaufen. Was also wollte sie hier?

»Reine Neugier«, sagte Charlotte Sänger schnell.

»Ich wollte mir mal angucken, was Sie hier so alles leisten.«

Wie zum Beweis schaute sie sich mit freundlichem Interesse im Saal um. Bender folgte ihrem Blick. Ein paar Tische weiter schlug Anne Zimmer gerade das Kreuzzeichen vor der Brust. Die Blinde trug hier nicht nur als Einzige eine dunkle Brille beim Essen, sie aß auch nie, ohne vorher ein Tischgebet zu sprechen. Ein paar Tischnachbarn beäugten sie bereits neugierig.

»Frau Zimmer«, erklärte Bender der Kommissarin. »Betet immer vor dem Essen. Übrigens beobachte ich, dass das wieder zunimmt.«

»Bestimmt nicht einfach, hier zu arbeiten«, sagte Charlotte mitfühlend.

Bender nickte düster und starrte in seinen Teller. Nein, es war wirklich nicht einfach, hier zu arbeiten; die Kommissarin war eine der wenigen, die ihn verstand.

»Diese Armut kotzt mich an!«, brach es aus ihm heraus. »All diese Menschen, die Kaputtheit. Verstehen Sie, das hält man nicht aus. Da will man manchmal nur noch den Beruf wechseln.«

Er hatte leise gesprochen, seine Worte waren nur für Charlotte Sänger bestimmt, waren vertraulich gewesen. Aber sie erwiderte den Ton nicht.

»Und Regina Schottmüller riecht gut, sieht gut aus, zieht sich edel an, fährt einen flotten Wagen …«, stellte sie sachlich fest.

»Sie wissen, dass wir …« Bender fiel vor Schreck ein Wurststückchen vom Löffel, es platschte zurück in die Suppe. Regina hatte offensichtlich bei der Kommissarin getratscht. Und das war vermutlich erst der Anfang. Nur Gott wusste, wem sie sich als Nächstes anvertrauen würde. »Hat sie es Ihnen erzählt?«

»Nein.« Charlotte aß seelenruhig weiter. »Aber ich kann das nachfühlen. Ein Ausflug in eine fremde Welt – das kann wie ein Jungbrunnen sein.«

Bender schwieg, starrte auf seine Suppe und schob den Teller schließlich zurück.

»Es war ein Kitzel, aber kein Jungbrunnen. Nichts, was mir gutgetan hätte.«

»Keine Mechthild Stemmler …«, reizte Charlotte ihn.

Bender legte den Löffel aus der Hand und sah die Kommissarin offensiv an. »Ja, die war wirklich was Besonderes.« Er suchte nach Worten. »Irgendwie hat sie es geschafft, sich ihre Würde zu bewahren. Hat gezeigt, wie man auch sein kann, in ›der neuen Unterschicht‹. Sie verbreitete Hoffnung. Sie fehlt uns unendlich!« Er senkte den Kopf und aß weiter.

»Frau Stemmler wollte einer Freundin kurz vor ihrem Tod etwas Schönes mitteilen. Haben Sie eine Ahnung, was das gewesen sein könnte?«, fragte Charlotte zwischen zwei Löffeln Suppe.

»Ich hab ihr einen Ein-Euro-Job angeboten«, sagte Bender, »wir brauchen jemanden fürs Büro. Vielleicht war es das.« Er stand auf. »Ich muss weitermachen.«

»Wir sind leider noch nicht fertig. Setzen Sie sich wieder.« Charlottes Stimme klang scharf, ganz wie bei einer Befragung oder einem Verhör.

Bender ließ sich langsam wieder auf den Stuhl sinken, überrascht durch die plötzliche Wendung ins Amtliche.

»Sie waren in der Wohnung von Mechthild Stemmler und haben dort Spendenkisten abgeholt. Waren Sie auch in ihrem Badezimmer?«

»Nein. Wieso?«

»Hatten Sie ein Verhältnis mit Mechthild Stemmler?«

Bender lachte leise auf und schüttelte verbittert den Kopf. »Sie hat mich als Mensch angezogen, nicht als Frau. Ich dachte, das hätten Sie verstanden!«

»Sie müssen leider mitkommen.« Charlotte Sänger stand auf und ergriff ihre Tasche. »Ich muss Ihre Fingerabdrücke nehmen.«

***

»Das KCN brauchen wir zum Vergolden«, erklärte Hans Hanke, und Dellwo nickte. So viel hatte er sich schon gedacht.

Er war von dem Optiker aus mit dem Taxi zu dem Galvanisationsbetrieb gefahren, in dem Horst Stemmler arbeitete. Nun stand er mit dessen Chef in der Fabrik, genauer: in einer riesigen Fabrikhalle. »Hanke & Co« stand draußen über dem Eingang des Gebäudes. »Galvanisieranstalt seit 1909«. Die altmodische Schrift war so groß, dass Dellwo sie auch ohne seine neue Brille mühelos hätte lesen können. Die Fabrikhalle, in der sie sich befanden, war vollgestellt mit Maschinen und großen Wannen. Altertümliche Monster. Dellwo fühlte sich ins 19. Jahrhundert zurückversetzt, als sie ein Stück durch die Halle gingen.

Der Giftschrank stand an der Rückwand der Halle. Ein großer Gitterkäfig. Hanke zog einen Bund rostiger Schlüssel aus der Hosentasche und suchte den passenden heraus, dann öffnete er das Schloss, das an dem Käfig baumelte, und schob die Gittertüren auf. Dellwo schaute hinein. In dem Käfig stand ein Eimer, auf dem ein großer Zettel mit den Buchstaben »KCN« klebte.

Direkt daneben lag eine Liste. Dellwo nahm sie in die Hand, rückte die noch ungewohnte Brille zurecht und entzifferte Zahlen und Buchstabenkombinationen. Sie erschlossen sich ihm nicht im Einzelnen, aber immerhin so viel begriff er: Hier wurden Mengenangaben und Namenskürzel notiert.

»Jeder, der was von dem Zeugs nimmt, notiert da, wie viel und wann«, erklärte Hanke prompt.

»Wie sieht Zyanid denn überhaupt aus?« Dellwo legte die Liste zurück. »Können Sie den Eimer mal aufmachen?«

»Geht nicht. Die Dämpfe sind giftig. Wir gehen da nur mit Handschuhen und Schutzmaske ran. Das Zeugs sieht aber aus wie Mehl.«

Dellwo überlegte. »Und wie ist das mit den Gasen bei kleineren Mengen?«

Hanke kratzte sich am Kopf. »Je kleiner die Menge, desto weniger Gase, ist doch klar.«

»Wenn er gewollt hätte – hätte Horst Stemmler dann von dem Zyanid was abzweigen können?«

»Nee! Da hab ich ein Auge drauf.« Hanke wurde beinahe böse. »Wir müssen ja auch eine Endverbleibserklärung unterschreiben. Das heißt, wir müssen ganz genau angeben, was wir mit den Chemikalien machen und wofür wir sie verbraucht haben. Und wenn Sie mich fragen, ob ich dem Stemmler einen Mord zutraue: Nein! Der war ehrlich fertig, als er heute Morgen anrief, um sich freizunehmen. Der hat seine Frau geliebt!« Energisch schloss Hanke den Giftschrank wieder zu.

»Obwohl er sie geschlagen hat?«, hakte Dellwo nach.

»Moment mal, er hat ein Antiaggressionstraining gemacht, außerdem ist das Jahre her! Ich sag Ihnen was …« Das Klingeln seines Handys unterbrach Hanke. Er zog es aus der Jackentasche, warf einen flüchtigen Blick darauf, dann funkelte er Dellwo an. »Dieses Rumgehacke auf uns Männern, das kotzt mich so an!« Er sprach nun ganz offensichtlich nicht mehr über Stemmler, sondern in eigener Sache. »Die Frauen von heute – das sind keine Heiligen, die saugen einen aus, finanziell und emotional. Und den Hebel setzen sie immer bei den Kindern an! Haben Sie Kinder?«

»Nein.«

»Seien Sie froh. Dann sind Sie nicht so verwundbar.« Hanke sah auf sein Handy, das er immer noch vor sich hielt. »Ich muss weitermachen.« Er winkte einen Arbeiter heran. »Hier, der Rudi ist der beste Kumpel von Horst, der kann Ihnen mehr sagen …« Im Weggehen tippte Hanke auf seinem Handy herum. Vermutlich wollte er den Anrufer erreichen, den er soeben verpasst hatte.

Im Schloss des Giftschranks steckte noch immer der Schlüssel. Hanke hatte ihn dort vergessen.

»Der Horst ist gar nicht so verkehrt. Dem sind nur früher mal die Sicherungen durchgebrannt. Aber jetzt hat der sich im Griff.«

Stemmlers Kumpel Rudi sagte das mit Nachdruck. Er war ein sympathischer Kerl, Ende vierzig vielleicht. Dellwo ließ sich von ihm durch die Halle führen; Rudi wollte ihm diverse Arbeitsschritte im Betrieb erklären, aber Dellwo interessierte etwas anderes.

»Wo ist der Arbeitsplatz von Horst Stemmler?«

»Bei der Oberflächenbearbeitung, da drüben.« Rudi führte ihn durch die Maschinen hindurch. »Stemmler arbeitet am Tampongalvanisiergerät.«

»Wie bitte?« Dellwo sah Rudi überrascht an.

»Ich weiß«, grinste der. »Wenn man das zum ersten Mal hört, da assoziiert man was anderes.«

Da hatte er allerdings recht, vor allem in diesem Mordfall.

»Ziemlich teure Maschine, hat nicht jeder!« Rudi klang richtig stolz. »Sie müssen sich den Tampon wie einen Baumwollschwamm vorstellen, damit trägt die Maschine Flüssigkeit auf die Oberflächen auf. Unter Strom!«

Dellwo nickte und entschloss sich zu einer Lüge. Er musste endlich ein Stück vorwärtskommen.

»Ihr Chef hat zugegeben, dass jeder von Ihnen hier ohne Weiteres etwas von dem Zyanid abzwacken könnte.«

Rudi lachte gemütlich. »Stimmt«, sagte er. Und wie im Vertrauen fügte er hinzu: »Unter uns: Es gibt nichts Besseres gegen Ratten.«

»Was?«

»Na ja, man muss natürlich vorsichtig sein und gut aufpassen. Kleinste Mengen im Köder genügen. Und wenn man die leckeren Appetithäppchen zubereitet hat – schön die Hände waschen und so. Man will ja schließlich nicht mit hopsgehen, wenn man die Viecher eliminiert!«

Dellwo seufzte. »Danke für den Tipp!«

»Ich brauche einen Hausdurchsuchungsbefehl für Horst Stemmler!«

Eine Taxifahrt später stand Dellwo im Büro von Staatsanwalt Dr. Scheer. Er hatte es eilig, wollte so rasch wie möglich in Stemmlers Wohnung. Die kleine Führung im Galvanisationsbetrieb hatte ihm genug gezeigt. Stemmler hätte jederzeit an Zyanid rankommen können, so viel war klar. Und Charlottes Theorie, dass

Stemmler seine Frau niemals umbringen würde, weil er seinen Kindern die Mutter nicht wegnehmen wollte, dieser Theorie konnte Dellwo nicht folgen. Stemmler hatte seine Frau derart misshandelt ... Wer so zuschlug, bei dem war auch genügend Aggression für einen Mord im Spiel.

»Horst Stemmler.«

Scheer sprach den Namen nachdenklich aus und wiegte den Kopf. Nur missmutig zückte er das gewünschte Formular. »Dellwo, wollen Sie nicht mal ein paar Blanko-Durchsuchungsbeschlüsse? Dann können Sie alles durchsuchen, was Sie wollen. Das wäre doch was?«, foppte er ihn in einem seltenen Anflug von Humor.

Dellwo ging darauf nicht ein. »Horst Stemmler arbeitet an einem Tampongalvanisierer und hatte Zugang zu Zyanid!«, erklärte er geduldig. »Ich fahre jetzt zu seiner Wohnung.«

***

Horst Stemmler war dabei, die Betten seiner Kinder frisch zu beziehen. Wenn sie bei ihm übernachteten, war es Ehrensache für ihn, es ihnen so schön wie möglich zu machen. Er hatte sie gern um sich, seine Jungs, und trotz des traurigen Ereignisses freute er sich auch heute auf seine beiden Söhne. Vanessa besuchte ihn selten, sie würde auch heute nicht mitkommen. Sie war volljährig, eine junge Frau, und sie hatte sich schon als Kind mehr zu ihrer Mutter hingezogen gefühlt als zu ihm. Er fand das völlig normal. Frauenkram. Daneben gab es Väter und Söhne.

Für Kevin hatte er Bettwäsche mit Fußballmotiven

gewählt, auf Timmys Bezügen waren Comics zu sehen. Liebevoll schüttelte er die Kissen auf, dann legte er jedem Kind noch einen Schokoriegel aufs Kopfkissen.

War es nicht gerade in diesen Tagen für die Kinder wichtig, dass sie ein Zuhause hatten? Dass sie wussten, wohin sie gehörten?

Jetzt, wo ihre Mutter nicht mehr lebte, war er – als ihr Vater – unumstritten ihre Nummer eins.

Er betrachtete zufrieden sein Werk, als es an der Haustür schellte. Langsam ging er zur Tür, warf einen Blick durch das Guckloch.

Draußen standen die Bullen.

»Wir haben einen Hausdurchsuchungsbefehl für Sie«, rief Dellwo laut und hielt das Formular hoch, das Dr. Scheer so widerwillig unterschrieben hatte. Dabei warf er einen kurzen sichernden Blick zu Jan Gröner herüber, der ihn begleitete.

»Und was hoffen Sie hier zu finden?« Horst Stemmler bemühte sich, gelassen zu wirken, als er die Tür öffnete.

Dellwo und Gröner antworteten ihm nicht.

»Ich habe nichts zu verbergen, kommen Sie rein«, sagte Stemmler. »Ich habe gerade die Betten für meine Söhne bezogen, die kommen heute Abend.«

»Das ist nett«, sagte Dellwo unbeeindruckt, dann wandte er sich an Gröner. »Sie oben – ich unten!« Mit einem Kopfnicken bedeutete er dem Kollegen, in den oberen Stock zu gehen. Er selbst würde sich das Wohnzimmer vorknöpfen.

»Dann viel Erfolg!« Stemmler verschwand seelenruhig im Kinderzimmer.

Dellwo betrat Stemmlers Wohnzimmer mit aufmerksamem Blick. Eine seltsame Leere empfing ihn. Man sah dem Raum förmlich an, dass hier ein Paar nach einer Trennung halbe-halbe gemacht hatte. Die Couchgarnitur bestand nur noch aus einem Sofa und einem Sessel, auf dem blanken Boden fehlte allem Anschein nach ein Teppich, und es gab auch keinen Beistelltisch mehr. Im Bücherregal waren etliche Fächer gähnend leer. Überhaupt sah das Zimmer fast so aus, als wäre es kaum bewohnt. Es herrschte peinliche Sauberkeit, es gab keine Blumen, keinen Nippes, nichts. Nur ein paar Kinderzeichnungen hingen an den Wänden, neben Fotos von den Kindern aus früheren Jahren.

Dellwo untersuchte das Schränkchen, das einsam an der Wand stand, und zog ein paar Schubladen auf. Immerhin gab es hier diversen Krimskrams. In einer der Schubladen fand er einige Schlüssel. Einen einzelnen mit der Aufschrift »Gartenhäuschen« und einen Schlüsselbund mit einem auffälligen Anhänger, einem kleinen Teddybären.

Er ließ beides in seine Tasche gleiten.

»Dellwo?«, rief Gröner auf einmal laut durchs Treppenhaus. »Ich hab die Spritze. Fehlt nur noch das Zyanid.«

Dellwo eilte zum Treppenabsatz, Gröner entgegen, der nun herunterkam.

»Na ja, sprich's ruhig aus!«, seufzte er resigniert.

Gröner begriff jetzt erst, dass Horst Stemmler ihn gehört haben musste. Jetzt wusste der Verdächtige nicht nur, wonach sie gesucht, sondern vor allen Dingen, dass sie es gefunden hatten.

Schuldbewusst und in plötzlicher Erkenntnis schlug sich Gröner mit der Hand auf den Mund. Aber zu spät. Schon knarrte im Parterre ein Fenster.

»Los!«, schrie Dellwo. »Er haut ab! Scheiße …«
Sie rannten ins Kinderzimmer. Kamen zeitgleich dort an. Das Fenster stand offen.
Beide zogen ihre Waffen.

Horst Stemmlers Fluchtweg führte durchs offene Fenster über die Terrasse und anschließend durch die anliegenden Schrebergärten.
Dellwo fluchte innerlich. Er hatte zu viel am Schreibtisch gesessen in letzter Zeit. Noch vor Monaten war er schneller gewesen, fitter. Jetzt spürte er schon nach den wenigen Metern einen stechenden Schmerz in der Lunge.
Er nahm alle Kraft zusammen, rannte weiter, rannte gegen den Schmerz an.
Stemmler sprang über eine Hecke, Dellwo und Gröner setzten hinterher. Gröner strauchelte, seine teure Lederjacke verfing sich in einem Stacheldraht.
Weiter ging die wilde Hatz.
Dellwo bemerkte, dass Stemmler auf etwas zulief, das wie ein Kaninchenstall aussah. Sich bückte.
Was hatte er da in der Hand?
Dellwo beschleunigte seine Schritte, beinahe hätte er einen Rentner umgerannt, der aus seinem eingezäunten Gartenreich auf den Weg trat und ihm in die Quere kam.
Sein Kollege Gröner lief knapp hinter ihm, schloss aber langsam auf. Gemeinsam kamen sie dem Kaninchenstall näher.
Stemmler sah sie kommen, nahm die Flucht wieder auf. Dellwo nahm gerade noch wahr, wie ihm etwas aus der Jackentasche fiel. Stemmler stoppte scharf, hob das Verlorene auf. Dann rannte er auch schon weiter. Im Laufen schleuderte er das, was er in der Hand hatte, im hohen Bogen davon.

»Los, suchen!«, rief Dellwo Gröner zu. Er selbst lief zu Stemmlers Kaninchenstall. Der Abstand zwischen Stemmler und ihnen war bereits hoffnungslos groß geworden. Es gab keine Chance mehr, ihn einzuholen.

Aber den würden sie kriegen. Später, ganz bestimmt.

Atemlos inspizierte Dellwo den Kaninchenstall. Seine Lungenflügel brannten. Jeder Atemzug tat ihm weh. Gut, dass Charlotte ihn nicht sehen konnte. Er musste wirklich wieder mehr trainieren.

Er schaute sich ausgiebig um, doch der Kaninchenstall sah ganz normal aus, hier gab es nichts Besonderes.

»Das hatte sich in einem Busch verfangen!« Gröner war zu ihm gekommen und reichte ihm mit einem Grinsen das, was Stemmler weggeworfen hatte. Ein Glas. Ein Marmeladenglas mit einem aufgeklebten Totenkopf. Darin befanden sich Spuren eines weißen Pulvers. Auf dem Etikett stand so groß, dass Dellwo es lesen konnte: »KCN«.

***

Als Dellwo den Schlüssel mit dem Bärchenanhänger, den er bei Horst Stemmler gefunden hatte, in Mechthild Stemmlers Türschloss schob und leise umdrehte, stellte er zufrieden fest, dass er passte.

Er hatte also richtiggelegen.

Vorsichtig zog er den Schlüssel wieder heraus, ließ ihn in seine Tasche gleiten und klingelte.

Timmy machte ihm auf. Die Sicherheitskette hatte er vorsichtshalber stecken lassen. Nun schielte er durch den Türspalt.

»Hallo. Weißt du noch, wer ich bin?«, fragte Dellwo.

»Na klar. Die Kripo.« Timmy löste die Kette und ließ

Dellwo in die Wohnung. Im Wohnzimmer setzte er sich auf das Bett seiner Mutter, wickelte die Decke um sich herum und presste ihr Kopfkissen an sich. Dellwo nahm der Einfachheit halber auf dem Fußboden neben dem Bett Platz.

»Du bist ganz allein? Wo ist Vanessa?«, fragte er.

»Beim Anwalt«, gab der Junge bereitwillig Auskunft.

»Und Kevin?«

»Der ist grade zu Papa gegangen.«

»Aha«, machte Dellwo nur. Der Junge sollte nicht so allein sein, dachte er. Nicht in seiner Situation.

»Hast du Lust, was zu spielen?«, fragte er aus einem Impuls heraus. Ein Spiel würde Timmy vielleicht Spaß machen und ihn etwas ablenken. Der Junge tat ihm leid. Andererseits wusste Dellwo, dass er den Kleinen beim Spielen leichter zum Reden bringen konnte.

»Haben Sie denn Zeit?«, fragte Timmy erstaunt.

Er schien also zu wissen, dass ein Kommissar viel zu tun hatte. Kluger kleiner Kerl. Dellwo überkam der Anflug eines schlechten Gewissens, als er sich in die nächste Lüge rettete.

»Ich hab Feierabend. Muss nur noch 'ne SMS schicken, dann kann's losgehen.«

Timmy glaubte ihm erfreut und lief auch schon los. Er zog ein Gesellschaftsspiel aus dem Regal und setzte sich damit an den Tisch.

»Mühle. Da gewinn ich immer.« Er begann, das Spiel aufzubauen.

»Schickt Streife vor Wohnung Horst Stemmler«, tippte Dellwo ins Handy ein, zu Timmy sagte er freundlich: »Sag mal, Timmy, seit wann ist deine Mutter von deinem Vater getrennt?«

»Seit ich in der zweiten Klasse war.«

Dellwo schickte die SMS ab und steckte sein Handy in die Jackentasche.

»Und jetzt bist du in der vierten?« Er ging zu Timmy an den Tisch.

»In der fünften«, korrigierte Timmy und eröffnete das Mühlespiel. »Auf dem Gymnasium!«

»Das ist bestimmt toll da, oder?«, plauderte Dellwo weiter und setzte seinen Stein.

»Geht so«, meinte Timmy wenig begeistert.

Sie spielten einige Züge schweigend. Der Junge war wirklich gut, das musste Dellwo zugeben.

»Dein Vater«, wechselte er schließlich das Thema, »der war in all den Jahren nie hier? Zu Besuch?« Er war am Zug. Zwickmühle! Er spürte, dass Timmy ihm zu gern die Wahrheit sagen würde. Aber er traute sich wohl nicht.

»Du magst nicht petzen, oder?«, fragte Dellwo.

Timmy nickte.

»Das ist gut. Petzen ist echt das Letzte.«

Dellwo meinte das ehrlich, und doch musste er den Jungen zum Reden bringen. Vertrauen aufbauen und notfalls missbrauchen, um an Informationen zu kommen. Das war sein Job. Timmys Vater hatte vermutlich seine Mutter umgebracht. Der Mann gehörte hinter Schloss und Riegel. Und der Junge … Der Junge würde in nächster Zeit mit weitaus Schlimmerem fertig werden müssen als mit ein paar verlogenen Worten.

»Ich weiß, dass dein Vater einen Nachschlüssel hatte zu der Wohnung hier.« Dellwo zog den Schlüssel mit dem Bärchenanhänger aus der Hosentasche und warf ihn auf den Tisch. Aus den Augenwinkeln sah er, dass der Junge zusammenzuckte. »Ich glaube, diesen Nachschlüssel hier hat er sich machen lassen …«, er legte nun wieder Verständnis und Wärme in seine Stimme, »... weil er doch mal hier sein wollte, in eurer Nähe.«

Timmy nickte erneut.

»Aber immer nur, wenn Mama und Vanessa weg waren, da hat Kevin Papa angerufen, und dann ist der gekommen«, erklärte er.

»Und dann war er bestimmt auch mal auf dem Klo, oder?«, lockte Dellwo.

»Ja klar. Jeder muss doch mal pinkeln!« Die Frage schien Timmy zu amüsieren. Er lachte.

»Ja! Da sagst du was.« Die offene Art des Jungen rührte Dellwo. Er war so arglos und natürlich.

Sie spielten die Partie noch zu Ende. Dellwo hatte das Gefühl, dass er es Timmy schuldig war. Aus schlechtem Gewissen heraus verpasste er absichtlich eine Chance, damit Timmy gewann. Doch Timmy schien ihn zu durchschauen. Als das Spiel zu Ende war, hatte der kleine Sieger nur ein verächtliches Lächeln für Dellwo übrig.

Im Flur des Polizeipräsidiums wäre Dellwo beinahe mit Ina Springstub zusammengestoßen, so sehr war er in Gedanken noch bei Timmy.

Wie früh musste manches Kind erwachsen werden. Und was für miserable Eltern ein Kind haben konnte. Wenn er daran dachte, dass Timmy die diversen Kräche zwischen Vater und Mutter mitgekriegt haben musste, die Übergriffe des Vaters ...

Ina kam offenbar gerade von der Spurensicherung, in der Hand hielt sie eine Plastiktüte mit einem Glas darin. Dellwo erkannte das Marmeladenglas, das Horst Stemmler im Schrebergarten hatte fallen lassen. »Kann ich das mal kurz haben?«

Bevor Ina protestieren konnte, nahm er ihr das Beweismittel auch schon fort.

»Herr Gröner?« Eine Minute später stellte Dellwo das Glas vor Jan Gröner auf den Schreibtisch. »Zyanid. Bitte sehr.«

Er warf einen raschen Blick auf Gröners Monitor, bevor der ihn wegdrehen konnte. Der junge Kollege hatte gerade seinen teuren Plasmabildschirm zum Verkauf ins Netz gestellt. Tja, von dem Erlös würde er schon mal vorab etwas abdrücken müssen.

Dellwo lächelte Gröner an und hielt wortlos die Hand auf.

Es dauerte eine Weile, bis Gröner sich an ihre Wette erinnerte und begriff, was ihm das Glas auf seinem Schreibtisch sagen sollte.

»Moment mal. Das ist ein Beweismittel, außerdem hab *ich* das sichergestellt! So haben wir nicht gewettet!«, rief er empört.

»So haben wir doch gewettet. Zyanid binnen vierundzwanzig Stunden. Sie schulden mir hundert.« Dellwo reizte ihn nun bewusst.

»Forget it!« Gröner versuchte cool zu bleiben. Er wandte sich wieder seinem Computer zu, verließ schnell den verräterischen Link.

»Und ich will cash«, setzte Dellwo eins drauf, ohne lange zu überlegen. »Vielleicht pumpen Sie sich ja was?«

Wenn das keine Kampfansage war! Er war gespannt, was Gröner nun daraus machte.

»Hier wird nicht gewettet, hab ich gesagt!« Rudi Fromm betrat das Büro. Er hatte es offensichtlich eilig, er verströmte eine Unruhe, die Dellwo gar nicht an ihm kannte.

»Wie ist der Stand der Dinge? Fritz?«

Dellwo zog seine Jacke aus. Dann legte er den Zweitschlüssel zu Mechthild Stemmlers Wohnung betont langsam auf Gröners Schreibtisch, direkt neben das Zyanidglas.

»Fritz, Fritz, Fritz. Wieso eigentlich immer Fritz? Ich war doch viel näher an Horst Stemmler dran!« Jan Gröner fühlte sich offenbar übergangen. Anklagend zeigte er den Triangelriss in seiner teuren Lederjacke vor. »Was meinen Sie denn, wie so was passiert hier? Gucken Sie sich das mal an. Wissen Sie, wie teuer diese Jacke war?«, jammerte er. »Wer ersetzt mir das jetzt?«

Fromm schüttelte den Kopf und hob abwehrend die Hände. »Für private Klamotten bin ich nicht zuständig!«

»Am besten, Sie lassen Ihre tote Ziege demnächst zu Hause!«, riet Dellwo dem jungen Kollegen barsch.

»Tote Ziege?«, erregte sich Gröner. »Diese tote Ziege können Sie sich doch nicht mal leisten ...«

»Also Kinder, jetzt macht mal zu, ja?«, ging Fromm dazwischen. »Ich muss um sechs zu Hause sein!«

»Wir haben eine lupenreine Indizienkette.« Rasch fasste Dellwo die Fakten zusammen. »Stemmler hatte Zyanid in seinem Besitz, dazu eine Spritze, er hatte einen Nachschlüssel zur Wohnung seiner geschiedenen Frau, er war in der Wohnung und natürlich auch im Badezimmer von Mechthild Stemmler, er hat uns angelogen, Zeugen beeinflusst ...«

»Haftbefehl?«, wollte Fromm wissen.

»Beantragt«, gab Dellwo ebenso knapp zurück.

»Jetzt müssen wir ihn bloß noch finden«, warf Gröner mit unverhohlenem Zynismus ein.

»Den kriegen wir«, sagte Dellwo ruhig. »Spätestens wenn er nach Hause kommt. Da wartet schon eine Streife auf ihn. Und der kommt nach Hause, garantiert, denn er erwartet heute Abend seine Kinder. Die Kinder sind ihm wichtig.«

Dellwo ging zu seinem Schreibtisch hinüber und ließ sich in seinen Sessel fallen. Charlotte, die gerade hereinkam, setzte sich auf ihren Platz ihm gegenüber, stützte die Arme auf dem Schreibtisch auf und lehnte das Kinn gegen die gefalteten Hände.

»Und du meinst wirklich, es war Horst Stemmler?«, fragte sie schließlich gereizt. Offenbar gefiel ihr Dellwos Verdacht nicht.

»Für mich fehlt da nur noch ein einziges Glied in der Indizienkette: Wenn er von Mechthilds Affäre gewusst hat, dann …

»Es ist überhaupt nicht bewiesen, dass sie eine Affäre hatte!«, sagte Charlotte scharf.

»Das hast du doch immer vermutet?« Dellwo setzte seinen unschuldigen Teddyblick auf. Woher kam Charlottes plötzlicher Sinneswandel? Für wen sonst hatte sich Mechthild Stemmler die Pille besorgt?

»Ja. Mit Jochen Bender …«, half Ina nach, die im Hintergrund mitgehört hatte.

»Jochen Bender hatte ein Verhältnis mit Regina Schottmüller. Und er ist nicht der Typ, der gleich zwei auf einmal …«

Dellwo unterdrückte ein Seufzen. Ein Mann und zwei Frauen – das war eine der ältesten Geschichten der Menschheit. Charlotte konnte manchmal wirklich weltfremd sein.

»Wieso nicht?«, ärgerte er sie. »Der Mensch hat doch viele Bedürfnisse! Das eine wurde von Regina Schottmüller abgedeckt, das andere von Mechthild Stemmler. Ob man das nun Affäre nennt oder …«

Er spielte den Macho und tat dabei naiv. Er wusste nur zu gut, wie er Charlotte provozieren konnte. Gleich würde sie platzen. Das Spiel hatte angefangen, ihm Spaß zu machen.

»Ich glaub's halt nicht.« Sie schnitt ihm auch schon das Wort ab.

»Aber glauben hilft uns nicht weiter.« Dellwo schenkte ihr einen treuen Augenaufschlag.

»Ein Tunnelblick aber auch nicht«, parierte sie.

»Was ist denn los mit euch? Warum seid ihr denn heute so aggressiv?« Rudi Fromm versuchte, die beiden zu beschwichtigen.

»Ich bin doch nicht aggressiv!«, sagte Charlotte prompt. Etwas versöhnlicher fügte sie hinzu: »Ich glaube halt nur, dass wir uns da in etwas verrannt haben. Außerdem haben wir keine Fingerabdrücke von Jochen Bender im Badezimmer von Mechthild Stemmler gefunden!«

»Hallo? Ich suche einen Herrn Jan Gröner …«

Ein Mann in dunklem Anzug stand plötzlich im Großraumbüro, eine Aktentasche unter den Arm geklemmt.

Gröner sprang auf. »Da sind Sie ja endlich. Gut, dass Sie es heute noch geschafft haben …« Er begrüßte den Mann wie einen alten Bekannten, klopfte ihm jovial auf die Schulter. »Vielleicht gehen wir kurz in die Kantine? Da sind wir ungestört.«

Ehe jemand etwas sagen konnte, führte er seinen Besucher auch schon hinaus.

»Wer war das denn?«, fragte Dellwo.

»Sah aus wie ein Vertreter!«, mutmaßte Charlotte.

»Ein Versicherungsvertreter«, sagte Ina abfällig. »Klar, so jemand wie Gröner kann an seine Rente denken. Ich kann das nicht. Ich wüsste gar nicht, wovon ich etwas für die Rente zurücklegen sollte. Bei mir bleibt einfach gar nichts zum Zurücklegen übrig.«

Sie ging zu Charlottes Schreibtisch, beugte sich zu ihr hinunter. Leise, damit Dellwo es nicht hören konnte, flüsterte sie: »Hast du mal einen Tampon für mich?«

Charlotte hielt vor Erstaunen die Luft an.

»Du willst einen Tampon von mir …«, wiederholte sie nachdenklich.

»Ich bin überrascht worden«, entschuldigte sich Ina. »Ich hab keinen dabei. Trete ich dir damit zu nahe?«

»Nein, nein, ist schon okay.« Charlotte fegte Inas Verlegenheit mit einer Handbewegung weg. »Ich denke nur nach. Einen Tampon leihen, das kann man von fast jeder Frau, da muss man gar nicht besonders intim sein.«

»Du meinst, der Tampon, der Mechthild Stemmler getötet hat, war gar nicht für sie bestimmt? Sie hat ihn sich von jemandem geliehen?«

»Ganz genau!« Charlottes Augen glommen. »Mechthilds Tod war ein Versehen!«

ACHT

»Hat Frau Stemmler Sie gestern Nachmittag um einen Tampon gebeten?«

Charlotte und Dellwo standen vor Regina Schottmüller in deren Büro; auf dem Schreibtisch lag eine Beinprothese.

»Eine Reklamation«, sagte sie trocken, als sie Dellwos interessierten Blick bemerkte. »Das Scharnier ...« Dann wandte sie sich wieder an Charlotte.

»Ja, Mechthild Stemmler hat sich gestern einen Tampon bei mir ausgeborgt, sie hatte selbst keinen dabei. Warum wollen Sie das wissen?«

»Der Tampon war vergiftet. Das war die Todesursache«, sagte Charlotte knapp.

»Was?«, fragte Regina Schottmüller entsetzt.

Bis soeben hatte sie geschwankt zwischen Unverständnis, Amüsement und Verärgerung darüber, was die Polizei so alles von ihr wissen wollte. Derart intime Fragen! Wohin sollten die führen? Nun aber begriff sie, dass sie es war, die umgebracht werden sollte. »Dann war der vergiftete Tampon eigentlich ... für mich gedacht?«

»Können wir Ihre Tamponpackung mal sehen? Vielleicht sind noch mehr von den Dingern vergiftet«, schaltete sich Dellwo ein.

Regina Schottmüller nickte, zog mit zitternden Händen ihre Handtasche unter dem Schreibtisch hervor und reichte Dellwo die Packung.

»Ich brauch die eigentlich gar nicht mehr, hatte sie

nur noch nicht aus der Tasche geräumt. Ich bin nämlich schwanger.«

Sie lächelte ein seltsames Lächeln. Vermutlich wurde ihr gerade klar, dass das Kind sie vor dem Tod gerettet hatte.

»Glückwunsch!«, sagte Dellwo trocken; Charlotte schloss sich dem mit einem kurzen Nicken an.

»Schön, dass sich jemand mit mir freut«, sagte Regina Schottmüller leise.

Dellwo tütete die Tamponpackung ein. »Wo verwahren Sie im Allgemeinen Ihre Tasche?«

»Unter dem Schreibtisch. Wenn ich im Laden zu tun habe, schließe ich das Büro ab.«

»Wer hat Schlüssel zum Büro?«, fragte Charlotte.

»Die Putzfrau und … meine Schwägerin! Natürlich! Die hatte auch einen Schlüssel zu meiner Wohnung.« Regina Schottmüller wurde heftiger. »Ein Motiv hat sie auch: Ich will nämlich verkaufen, und … Moment mal.«

Energisch schritt sie zur Tür ihres Büros, öffnete sie und rief nach ihrer Schwägerin.

»Was kann ich für Sie tun?« Ines Schottmüller begrüßte Dellwo und Charlotte freundlich und zuvorkommend, als sie in Reginas Büro trat, aber Regina ließ ihr keine Zeit, über die Begrüßung hinauszukommen.

»Wolltest du mich umbringen?«, herrschte sie sie an.

Ines reagierte sonderbar auf diese Frage. Zunächst schien sie schockiert, doch dann funkelte sie ihre Schwägerin an.

»Wollte? Wenn ich könnte, würde ich es sofort tun.« Sie wandte sich an Dellwo und Charlotte. »Aber Sie werden bei mir nichts finden. Dafür sollten Sie da mal suchen …«

Mit diesen Worten war sie auch schon auf die Regalwand zugestürzt und zerrte die Schiebetüren auf, hinter denen sich Aktenordner verbargen. Riss sie heraus, knallte sie auf den Schreibtisch, Stück für Stück.

»Lauter Prozesse. Lauter Leute, die dich hassen!«, klagte sie Regina verbittert an. »Du bist der giftigste Mensch, den ich kenne. Du vergiftest sogar die Luft zum Atmen!«

Im Auto atmeten Dellwo und Charlotte auf.

Die Atmosphäre im Sanitätshaus Schottmüller war bedrückend gewesen, die Luft zwischen den beiden Frauen zum Schneiden.

Nun lagen die Aktenordner mit der Anwaltskorrespondenz der Firma Schottmüller hinten im Wagen, zwischen den Wandfarben und Farbrollern, die Dellwo immer noch nicht ausgeladen hatte.

Dellwo lenkte den Wagen durch die belebten Alleen und bog dann langsam in das ruhige Wohnviertel ein, in dem Charlottes Haus lag. Er parkte den Wagen direkt vor der Tür, an derselben Stelle wie schon am Abend zuvor. Die menschenleere Straße lag im Dunkeln, nur der Fernsehturm leuchtete von Weitem.

Genau wie gestern, dachte Charlotte.

Man verlor das Zeitgefühl, wenn die Abläufe des Tages einander zu sehr ähnelten, wenn ein Tag wie der andere war.

Als Dellwo den Motor abstellte, wagte sie einen Vorstoß.

»Muss ich mich nach einem neuen Mieter umsehen?«, fragte sie leise.

»Was? Wie kommst du denn darauf?« Dellwo sah sie überrascht an.

»Na, die Farbe.« Sie suchte hilflos nach Worten. Sie

dachte daran, wie sie Dellwo und Eva im Baumarkt getroffen hatte und wie freudig die beiden ihre Farbroller in den Einkaufswagen gepackt hatten. Sie wollten zusammenziehen, hatten eine neue Wohnung gefunden und ihr nichts gesagt.

Dellwo sah Charlotte an. »Ja, weil ... Ich dachte, die Wände könnten mal neue Farbe gebrauchen. Die Wände da, wo ich wohne.«

Charlotte versuchte, ihre Erleichterung zu verbergen. Er wollte gar nicht ausziehen! Er wollte tatsächlich nur eine Wand streichen.

»Du hast doch einen Mietvertrag«, sagte sie sanft. »Du kannst in deiner Wohnung machen, was du willst.«

»Ich hätte dich trotzdem vorher fragen sollen«, sagte er schuldbewusst. »Schließlich ist es dein Elternhaus. Und du kennst es seit deiner Kindheit ... so, wie es jetzt ist, meine ich.«

»Ach, das Haus ist schließlich kein Museum! Ich müsste auch mal ausmisten.« Sie saßen noch immer im Wagen, starrten beide zum Fenster hinaus.

Charlotte meinte, was sie sagte. Andererseits ... Dellwo hatte so recht. Es war schwer, all diese Dinge zu entsorgen, die sie an ihre Eltern erinnerten. Sie durfte nicht darüber nachdenken. Die zwei Menschen, die sie in die Welt gesetzt und großgezogen hatten, die gab es nicht mehr. Nur all die banalen Gegenstände waren noch da, die sie in Händen gehalten hatten. Gegenstände, die auf den Müll gehörten und dennoch heilig waren.

Sie stieg aus dem Wagen, nahm ein paar der Akten von der Rückbank, balancierte sie zur Haustür, schloss geschickt mit einer Hand auf, während sie den Aktenberg mit dem Kinn stabilisierte. Dellwo folgte ihr mit den Farbeimern und den Rollern.

»Man müsste mal so richtig groß ausmisten«, nuschelte Charlotte, weil ihr die Akten das Sprechen schwer machten. Außerdem war da dieser Konjunktiv in ihrem Satz. Man müsste ...

Und ihr Bauchgefühl sagte ihr: So weit war sie noch nicht.

***

Kevin wartete bereits seit Stunden vor dem Haus seines Vaters. Er hatte es in der Wohnung seiner Mutter nicht mehr ausgehalten, hatte Timmy allein dort zurückgelassen und war schon hierhergefahren. Doch sein Vater war noch nicht zu Hause. Stattdessen wurde er von der Polente erwartet. Die beiden Typen, die auf der gegenüberliegenden Straßenseite in ihrem Auto saßen, waren garantiert Bullen. Und Kevin wusste: Auch sie warteten auf seinen Vater.

Als er ihn kommen sah, gab er ihm ein Zeichen, dass er abhauen sollte. Mein Gott, er sollte sich nur ja verpissen, bevor sie ihn kriegten!

Doch sein Vater schien es nicht zu verstehen. Kam einfach zu ihm, immer näher und näher.

Da! Die Bullen sprangen schon aus ihrem Wagen, bereit, seinen Vater zu verhaften.

Zog der eine gerade seine Knarre?

»Sie können mich gleich mitnehmen«, sagte sein Vater in diesem Moment ganz ruhig zu den beiden Beamten. »Ich will mich nur von meinem Sohn verabschieden.«

Zu Kevins Überraschung blieben die Polizisten nun in gebührendem Abstand stehen und sahen teilnahmsvoll zu, wie sein Vater ihn in den Arm nahm.

»Ich war es nicht, Kevin. Aber ich muss jetzt mit denen mit.«

Für Sekunden fühlte sich Kevin in den Armen seines Vaters geborgen und sicher. Wie fest sein Griff sein konnte. Wie stark er war!

»Ich kriege einen Anwalt. Du musst keine Angst haben, wir haben nichts zu befürchten …«

Kevin wollte nicht weinen. Doch er konnte nicht anders.

Sein Vater löste die Umarmung und ging auf die Polizisten zu. Einmal noch drehte er sich um, um Kevin seinen Haustürschlüssel zuzuwerfen. Dann stieg er zu den Beamten ins Auto.

***

»Die Kollegen haben eben angerufen: Sie haben Horst Stemmler. Er hat sich gestellt, er sagt aber nichts ohne seinen Anwalt.«

Dellwo stand vor Charlottes Wohnungstür, eine brennende Zigarette in der Hand.

Er hatte seine Wohnungstür oben offen stehen lassen, seine Musik war zu hören, Rockmusik. Wenn sie es nicht besser gewusst hätte, hätte sie meinen können, er feiere da oben eine Party. Wie leicht manche Menschen durchs Leben gingen. Fröhlich und laut. Und dann diese Raucherei! Charlotte sah Dellwo irritiert an. Das war ungesund, verpestete die Luft und hinterließ nikotingelbe Flecken an den Wänden. Hatte ihm das noch niemand gesagt? Zu allem Überfluss war es teuer.

Jetzt wusste er nicht, wohin mit der Asche und tupfte sie in die zur Mulde gekrümmte offene Hand. Charlotte sah sich suchend um und reichte ihm dann wortlos ein kleines Gefäß. Ein Blumenkörbchen aus Porzellan. Nippes, den sie als Kind ihrer Mutter zum Geburtstag geschenkt hatte und über den diese sich damals riesig gefreut hatte. Wie lange war das her. Und wie bedeutungslos war das nun. Nur die Erinnerung an die Eltern tat nach wie vor weh. Und sie kam immer so plötzlich, so unangemeldet.

Charlotte riss sich von ihren Gedanken los und konzentrierte sich wieder auf den Fall: »Wenn das Zielopfer Regina Schottmüller war, dann ist Horst Stemmler sowieso aus dem Schneider«, dämpfte sie Dellwos Euphorie.

Er sah sie müde an. »Vielleicht lügt uns Regina Schottmüller auch nur was vor«, gab er zu bedenken. »Nutzt die Situation, um von sich selbst abzulenken.«

»Du meinst, Regina Schottmüller hat Mechthild einen vergifteten Tampon in die Handtasche geschoben?«, fragte Charlotte. »Was sollte das Motiv sein?«

»Eifersucht?«, schlug Dellwo vor. »Es wäre jedenfalls gut, wenn wir einen Zeugen für das Gespräch hätten, dass Mechthild Regina wirklich um einen Tampon gebeten hat.«

Charlotte schaute ihn abwartend an.

»Ich meine«, setzte Dellwo nach, »die Schottmüller könnte sich natürlich auch einen vergifteten Tampon in die eigene Tasche gesteckt und gewartet haben, bis Mechthild mal einen braucht. Aber für so einen Langzeitplan scheint sie mir dann doch nicht geduldig genug zu sein.«

Charlotte nickte. »Das sehe ich auch so. Da hätte sie unter Umständen bis zum Sankt-Nimmerleins-Tag warten müssen, bis der Zufall ihr endlich zu Hilfe kommt.«

NEUN

Charlotte besuchte Anne Zimmer gleich am nächsten Morgen. Anne war Dauerkundin bei der Tafel, sie stand dort jeden Tag in der Warteschlange. Und sie war eine gute Freundin von Mechthild Stemmler gewesen. Möglicherweise hatte sie mitbekommen, wie Mechthild Regina nach einem Tampon gefragt hatte. Vielleicht hatte Mechthild auch zuerst Anne gefragt, und die hatte nicht helfen können. Als gute Freundin stand Anne ihr schließlich näher als die Schottmüller.

All diese Vielleichts, dachte Charlotte.

Anne begrüßte sie mit dieser zurückhaltenden Vorsicht, die sie nun schon an ihr kannte.

»Ach, Sie sind es. Kommen Sie rein«, bat sie. »Ich sehe nichts im Gegenlicht.«

Tastend, aber ohne Stock oder Brille ging sie voran. Charlotte folgte ihr in die Wohnung, die um diese Tageszeit von der Morgensonne durchströmt war. Erstaunt bleib sie stehen. Überall lag Wäsche, standen offene Kisten. Alle waren sie beschriftet. »Frida«, las Charlotte. »Schule«. »Ausbildung«. »Krankheit«. Auf dem Bett türmte sich ein Haufen Kleider.

»Sie ziehen um?«, fragte Charlotte.

»Ich sortiere mein Leben«, erklärte Anne ruhig. »Außerdem will ich die Klamotten sortieren, nach Farben.« Sie nahm einen Pullover vom Bett. »Der müsste blau sein, ich seh aber nur dunkel.«

»Was genau sehen Sie eigentlich noch?«, fragte Charlotte.

Anne warf den Pulli aufs Bett zurück. Sie legte Finger und Daumen zu einer Art Rohr zusammen und hielt sich die Hand dann vor die Augen.

»Lesen geht gerade noch, bei gutem Licht. Und fernsehen auch.«

Charlotte tat es ihr gleich, auch sie formte die Hand zum Rohr und schaute mit einem Auge hindurch. Das andere Auge kniff sie zu. Sofort verringerte sich ihr Blickfeld dramatisch. Es reduzierte sich auf einen kreisrunden Fleck.

Sie versuchte, sich mit der Hand vor Augen im Raum umzusehen, und stellte irritiert fest, dass sie nun ständig den Kopf mitbewegen musste. So wie ein Seemann auf hoher See das Meer nach einem Schiff absucht, so suchte sie nun in dem Dunkel, das sie umgab, nach den Objekten, die sie betrachten wollte.

»Meine Werte haben sich total verschlechtert«, sagte Anne Zimmer. »Drei Grad innerhalb von einem Jahr.«

»Und da kann man nichts dagegen machen?« Charlotte ließ ihre Hand wieder sinken.

»Nein«, entgegnete Anne. »Man kann sich nur vorbereiten. Weswegen sind Sie eigentlich hier?«

»Ich wollte Sie fragen, ob Sie zufällig ein Gespräch mitgehört haben. Als Sie vorgestern Ihre Waren bei der Mittagstafel abgeholt haben, hat sich Mechthild Stemmler da von Frau Schottmüller einen Tampon ausgeliehen?«

»Was?«

»Vielleicht hat sie Sie ja auch als Erste gefragt? Und dann erst Frau Schottmüller …?«

Anne schüttelte den Kopf. »Nein. Und … Solange ich da war, haben die beiden gar nicht miteinander geredet!«

***

Jan Gröner hatte sich entschlossen, Fromm um zusätzliche Schichten zu bitten. Irgendwie musste er runter von seinen Schulden. Und das war nur möglich, wenn er mehr arbeitete und mehr verdiente.

Im Flur kam er an Fritz Dellwo vorbei, der am Kopierer stand und diverse Unterlagen aus einem Aktenordner kopierte.

Moment mal. Seit wann trug Dellwo eine Brille?

Und wieso nahm er sie so verschämt und hastig ab, als Gröner näher kam?

Gröner klopfte an Fromms Tür und betrat, ohne eine Antwort abzuwarten, das Büro.

Hier stand immer noch der Rollwagen mit dem Obst und anderen Lebensmitteln von der Mittagstafel. Fromm selbst saß an seinem Schreibtisch und schälte einen Apfel. Schalen von Obst, darunter von Orangen, türmten sich bereits vor ihm auf, eine große Schüssel war schon gefüllt mit klein geschnittenen Früchten. Er unterbrach seine Arbeit nicht, als Gröner eintrat, bedeutete ihm lediglich mit einem Kopfnicken, dass er sich setzen solle. Doch als Gröner ihm sein Anliegen vorgetragen hatte, schnitt er sich vor Überraschung beinahe in den Finger.

»Sie wollen – was?«

»Ich will nicht. Ich muss mehr arbeiten. Ein paar zusätzliche Schichten. Vielleicht geht das? Ich sitze in der Schuldenfalle.«

»Aber … jemand wie Sie!«, sagte Fromm väterlicherschüttert. »Sie haben die Eigentumswohnung, den Porsche …«

»Das gehört jetzt alles dem Insolvenzverwalter«, gab Gröner zurück. »Ich hab nur den Grundbehalt.«

»Mensch, Gröner. Private Insolvenz! Mit Ihrem Vater im Rücken ...« Fromm griff erneut nach seinem Apfel und fabrizierte weiter Apfelschnitze.

»Wenn Sie meinem Vater auch nur ein Wort davon verraten, dann zeige ich Sie an!«, warnte Gröner aggressiv.

»Ich sag ja nichts, ich wundere mich nur. Einen Staranwalt zum Vater, und der Sohn ...«

»Und wenn Sie den Kollegen davon erzählen, zeige ich Sie ebenfalls an!«, setzte Gröner pampig nach.

Fromm verzog nur den Mund.

Noch so eine Vaterfigur, die alles besser weiß und kann, dachte Gröner verbittert. Noch einer, der mir die Leviten lesen muss. Dabei war er sich so sicher gewesen, dass Fromm mit der Situation gelassen umgehen würde. Dass er keine große Sache daraus machen und ihm einfach nur helfen würde.

»Ach, ich hätte es Ihnen gar nicht erzählen sollen.«

Vehement stand er auf, warf dabei seinen Stuhl um. Beim Rausgehen ließ er die Tür knallen.

»Warten Sie!«, rief Fromm ihm nach. »Gröner!«

Dann steckte er sich gedankenverloren einen Apfelschnitz in den Mund und starrte den umgekippten Stuhl an.

Im Konferenzraum riss Gröner das Preisschild von seiner Kaffeemaschine, warf es in den Papierkorb, ohne lange zu überlegen, und schmiss die Maschine an.

»Wollen Sie einen Milchkaffee oder Caffè Latte oder Latte macchiato oder Espresso oder Cappuccino oder Kaffee Karamell ...?«, bot er Dellwo an, der mit einem Aktenordner in der Hand hereingekommen war.

Nicht dass er Dellwo plötzlich in sein Herz geschlossen hätte. Er war nur der Erste, der ihm gerade über den Weg lief.

»Was ist denn jetzt los?«, fragte Dellwo auch prompt irritiert.

»Ich feiere meinen Einstand«, erklärte Gröner gönnerhaft, »sonst nichts! Also, was wollen Sie?« Sein Finger schwebte bereits abwartend über den Knöpfen. Als Dellwo nicht sofort antwortete, drückte er auf den Cappuccino-Knopf.

»Einen stinknormalen Kaffee. Falls Ihr schlauer Automat das kann«, nahm Dellwo die Einladung endlich an. »Übrigens krieg ich noch einen Hunderter von Ihnen.«

»Von mir kriegen Sie gar nichts! Leck mich!«

Das war er, der Knopf, auf den man bei Gröner drücken musste, um ihn in ein HB-Männchen zu verwandeln. Dellwo hatte ihn mal wieder zielsicher gefunden. Die nächste Tür knallte, Gröner war aus dem Großraumbüro gerannt. Der Kaffeeautomat zischte und spuckte Cappuccino aus, dorthin, wo noch keine Tasse stand.

»Was ist denn mit dem los?«, wunderte sich Dellwo mit gespielter Unschuld. Charlotte sprang hinzu, stellte rasch eine Tasse unter die sprudelnde Kaffeequelle und wischte die Pfützen weg.

»Guck dir das mal an.« Dellwo hielt ihr den Aktenordner unter die Nase, den er die ganze Zeit in den Händen gehalten hatte. »Ich hab noch bis spät in die Nacht in den Akten gelesen, die wir gestern bei Schottmüller und Söhne konfisziert haben.«

»Bei röhrender Rockmusik?«, fragte Charlotte. Sie ließ wirklich keine Chance für eine spitze Bemerkung aus.

Dellwo ging nicht darauf ein. »Es waren überwiegend Prozessakten«, erklärte er ihr, »aber ein paar Personalakten waren auch darunter. Das Passfoto. Wer ist das?«

»Hat irgendwie Ähnlichkeit mit Anne Zimmer«, sagte Charlotte.

»Sie heißt Annegret Haustein«, las Dellwo von der Personalakte ab und rückte seine neue Brille zurecht. »Geborene Zimmer. Sie ist 1965 in Köln geboren, als Annegret Zimmer, hat dort Abitur und eine Ausbildung zur Bandagistin gemacht. Was ist das eigentlich?«

»Leibbinden nähen, Bruchbänder, so etwas«, vermutete Charlotte.

»Dann Heirat und Umzug nach Frankfurt. Arbeit im Sanitätshaus Schottmüller. 1996 geschieden, hat danach den Mädchennamen wieder angenommen.«

»Weswegen hat sie Regina Schottmüller verklagt?«, wollte Charlotte wissen.

Dellwo wedelte mit der Personalakte. »Tja, das steht hier nicht drin, aber ... in der Prozessakte. Nach der Diagnose von RP, das ist Retinitis pigmentosa, da wird die Netzhaut nach und nach zerstört, von außen nach innen, nach der Diagnose hat die Firma ihr gekündigt. Sie hat geklagt, aber den Prozess verloren.«

»Na, wenn das kein Motiv ist!«, stieß Charlotte hervor.

Dellwo nickte düster. »Wir müssen sie festnehmen, bevor noch jemand durch einen vergifteten Tampon stirbt!«

***

Dellwo klingelte mehrmals an Anne Zimmers Wohnungstür, und als nach einer Weile niemand öffnete, zückte er sein Portemonnaie und zog eine Scheckkarte heraus.

Damit fuhr er in den Türspalt, direkt neben dem Schloss. Die Tür leistete keinen Widerstand.

»Scheer ist auch nicht da!«, hörte er Charlotte in seinem Rücken sagen. Sie hatte offensichtlich versucht, ihn auf dem Handy anzurufen. Der Staatsanwalt würde nicht erfreut sein, wenn er den Durchsuchungsbefehl im Nachhinein ausstellen musste.

Im Wohnzimmer sah es noch genauso aus wie vor wenigen Stunden. Charlotte untersuchte die beschrifteten Kästen, den mit der Aufschrift »Frida« nahm sie sich zuerst vor.

Frida machte sie neugierig.

Sie fand Babywäsche. Einen Mutterpass. Weitere Dokumente.

»Sie hatte eine Fehlgeburt, in der achtzehnten Woche … Das war 1995. Hier, das Familienstammbuch. Geschieden 1996.« Charlotte blätterte durch die diversen Dokumente. »Abschied von der Ehe, vom ehelichen Namen. Abschied von der Arbeit. Abschied vom Sehen …«, sie hielt einen Schwerbehindertenausweis hoch, dann Wagenpapiere, ausgestellt auf den Namen Annegret Haustein, den Führerschein, »… vom Führerschein, vom Auto, vom Kind. Lauter Abschiede.«

Charlotte legte den Mutterpass, die Babysachen und das Familienstammbuch zurück in den Karton, dann richtete sie sich auf, sah sich erneut im Zimmer um.

An einer Pinnwand hing ein Zeitungsausschnitt mit einem Bericht über die Mittagstafel und seine wohltätigen Sponsoren. Ein Foto von Regina Schottmüller war dabei; darauf war auch der Lieferwagen mit dem Firmenlogo »Schottmüller und Söhne« zu sehen, den Regina der Mittagstafel zur Verfügung gestellt hatte.

»Tue Gutes und rede darüber«, murmelte Charlotte.

»Durch diesen Artikel hat Anne Zimmer begriffen, dass sie sich nur an der Mittagstafel anstellen muss, um Regina Schottmüller zu begegnen. Manchmal ist alles so einfach.«

Sie trat auf den Balkon hinaus. Die Blumenkästen waren frisch bepflanzt. Langsam strich sie mit der Hand über die Pflanzen. Eine war zu hoch eingesetzt.

Hatte Anne das nicht fühlen können?

Charlotte zupfte die Pflanze heraus.

Unter der Pflanze lag ein leeres Würstchenglas voller Einmalkanülen und Injektionsnadeln. Und ein kleineres Glas, in dem sich Reste eines weißen Pulvers befanden.

»Charlotte?«, rief Dellwo im Wohnzimmer.

»Fritz!« Sie lief eilig zu ihm. »Fritz, weißt du, was im Blumenkasten steckt?«

Sie wollte ihm von ihrem Fund berichten, doch er ließ sie gar nicht zu Wort kommen. Er hatte Annes Computer hochgefahren und ihre Dateien geöffnet. »Hier, das glaubst du nicht. Sie hat sich das Zeug ganz einfach im Internet bestellt.«

Charlotte beugte sich über den Monitor. »Goldschmiedemeisterin Annegret Haustein«, las sie halblaut. »Mit freundlichem Gruß … Poststation …«

»Sie hat sich das Zyanid unter ihrem Ehenamen an eine Poststation schicken lassen«, murmelte Dellwo ungläubig.

Charlotte nickte. »Natürlich, Goldschmiede arbeiten auch mit Zyanid. Was hat der Famulus in der Gerichtsmedizin noch gesagt? Mit Zyanid kann man Gold auswaschen?«

»Das hat er gesagt. Ganz recht.«

»Aber … Ich denke, Anne Zimmer war gelernte Bandagistin?«

»Manche Leute erlernen im Laufe ihres Lebens auch zwei Berufe«, meinte Dellwo lakonisch.

Charlotte lachte bitter auf. Eine Freundin ihrer Mutter war Goldschmiedin, eine mollige alte Dame mit einer Schäfchendauerwelle. Als Kind hatte Charlotte sie Tante genannt. Tante Hanne war eine Zauberin gewesen, die aus Gold und glitzernden Steinen kleine Wunder schuf. Längst verblasste Erinnerungen. Es war eine seltsame Vorstellung, dass die friedliche alte Dame mit tödlichen Substanzen hantiert haben sollte.

Dellwo fuhr den Computer herunter. »Wir müssen Anne Zimmer aus dem Verkehr ziehen, bevor sie …«

Charlotte war schon an der Tür. »Wir müssen vor allem die Schottmüller warnen!«

Noch während sie zum Wagen liefen, informierte Dellwo die Kollegen per Handy.

»Es ist Anne Zimmer … oder auch Annegret Haustein geborene Annegret Zimmer. Großfahndung. Sie ist mit einem Blindenstock unterwegs.« Über seine letzten Worte hätte er beinahe selbst gelacht – wenn der Fall nicht so ernst gewesen wäre. Eine Großfahndung nach einer Frau mit einem Blindenstock! Das hatte er auch noch nicht gehabt. Normalerweise kamen Blinde nicht sehr weit.

***

Vor dem Sanitätshaus Schottmüller fand Dellwo auch diesmal keinen Parkplatz. Eilig stellte er den Wagen im Halteverbot ab. Atemlos rannte er vor Charlotte her in das Gebäude, vorbei an aufgestapelten künstlichen Hüftgelenken und endlosen Reihen von Rollstühlen.

»Wo ist die Chefin?«, fragte er eine Angestellte.

»Ich weiß es nicht«, lautete die lapidare Antwort.

Dellwo sah sich in der Werkhalle um. Endlich entdeckte er Ines Schottmüller. Sie stand im Eingang und unterhielt sich mit einem Kunden.

»Verzeihung, wir suchen Ihre Schwägerin«, sagte er knapp. »Es ist dringend.«

»Einen Moment bitte.« Ines entschuldigte sich förmlich bei dem Kunden, bevor sie sich Dellwo zuwandte. »Regina ist unterwegs.«

»Wohin?«

»Keine Ahnung.«

»Wer könnte das wissen? Es ist wichtig, sie ist vielleicht auf dem Weg zu ihrer Mörderin.«

»Ach, Sie wissen jetzt, wer es war?« Ines Schottmüller klang ein bisschen spitz.

»Eine ehemalige Angestellte von Ihnen, Annegret Haustein.«

»Aha ... Die war auch mein Favorit!« Ines Schottmüller lächelte.

»Sie hatten einen Verdacht – und Sie sagen uns nichts davon?« In Charlottes Stimme mischten sich Unverständnis und Ärger.

Ines Schottmüller zuckte gleichmütig die Achseln. »Warum? Ich gönne Annegret die Rache. Wissen Sie, Regina hat ihr verboten, ins Krankenhaus zu fahren, als sie plötzlich Blutungen bekam.« Ihre Augen funkelten plötzlich vor Hass. »Sie hat behauptet, Annegret wollte sich nur vor der Arbeit drücken. Annegret hat dann das Kind verloren. Und so jemand wie Regina darf sich jetzt fortpflanzen!«

»Eine Schwangere hat sich das gefallen lassen?«, fragte Charlotte ungläubig.

»Annegret war damals sehr schüchtern und ängstlich. Ein verhuschtes Wesen, mit dem Regina machen konnte, was sie wollte. Mich hat ihr Schicksal sehr berührt. Zuerst das Kind zu verlieren, dann dieser zermürbende Gerichtsprozes …«

»Wo könnte Ihre Schwägerin hin sein?«, kam Dellwo auf das Wesentliche zurück. »Wir müssen sie warnen!«

»So? Müssen wir?« Ines Schottmüller lächelte. »Ich kann Ihnen nicht helfen. Ich habe absolut keine Ahnung, was diese Frau den ganzen Tag so macht, wirklich nicht.«

Sie sah Dellwo und Charlotte noch einmal kurz an, dann ging sie zu ihrem Kunden zurück.

Charlotte starrte ihr wütend nach.

»Handy!«, murmelte sie, während sie ihres schon aus der Tasche zerrte. »Jemand wie Regina Schottmüller hat immer das Handy dabei.«

Im Rausgehen rempelte Charlotte beinahe eine Mitarbeiterin an. Es dauerte einen Moment, bis sie begriff, dass die Frau ihr gefolgt war, weil sie ihr etwas sagen wollte.

»Ich habe einen Anruf für Frau Schottmüller angenommen«, erzählte sie leise und in vertraulichem Ton. »Es war ein Anruf von der Mittagstafel, sie solle einspringen für jemanden …«

***

Regina Schottmüller lenkte ihren Wagen durch die Innenstadt. Sie solle dringend zur Mittagstafel kommen und für jemanden einspringen, hatte man ihr ausrichten lassen.

Dahinter konnte nur Jochen stecken. Wie geschickt

von ihm. Um sie nicht in Verlegenheit zu bringen, falls jemand anders an den Apparat ging, hatte er eine Mitarbeiterin der Tafel gebeten, den Anruf zu tätigen. Vermutlich hatte er es zunächst selbst auf ihrem Handy versucht, aber sie war eine Weile im Lager gewesen, und da hatte ihr Handy keinen Empfang.

Jochen! Er wollte sie sehen. Er würde sie um Verzeihung bitten, würde ihr sagen, wie dumm er gewesen war. Wie sehr auch er sich auf das Kind freute. Ihr gemeinsames Kind.

Alles, alles würde gut werden.

Mit quietschenden Reifen hielt sie vor der Lagerhalle, stieg aus dem Wagen und rannte in das Gebäude. Im Laufen verschloss sie den Wagen mit dem elektronischen Schlüssel, öffnete ihre Handtasche und warf den Schlüssel hinein. Sie bemerkte irritiert, dass ihr Handy nicht in dem entsprechenden Fach steckte, tastete in der Handtasche herum. Die Tasche hatte während der Fahrt auf dem Beifahrersitz gelegen, wie immer. Das Handy musste im Wagen herausgerutscht sein. Bestimmt lag es irgendwo im Fußraum.

Nachher, sie würde es nachher suchen.

Jetzt wollte sie nur noch zu Jochen.

Ihre Absätze klapperten auf dem Pflaster, als sie über den Hof hetzte. Hier war heute keine Menschenseele. Heute war Ruhetag, es wurde nichts ausgegeben. Jochen wusste das. Deshalb hatte er sie hergebeten.

Er wollte sie haben – nur sie allein.

»Jochen?«

In der Baracke war alles dunkel.

Sie schaute sich aufmerksam um. Auf dem Tisch, an dem sie die Nahrungsmittel verteilten, lag ein großer Zettel, eilig beschrieben in Druckbuchstaben.

»Bin in der Lagerhalle«, las Regina.
Ihr Puls beschleunigte sich.

***

»Herr Bender?«

Das war die klare Stimme der Kommissarin.

Jochen Bender drückte sein Handy fester ans Ohr. »Ja?«

Was wollte die nur schon wieder von ihm? Es war doch alles in Ordnung bei der Mittagstafel. Sie sollten ihn endlich in Ruhe seine Arbeit machen lassen. Wenn die Polizei noch länger Staub aufwirbelte, geriet die Mittagstafel am Ende in Misskredit. Dieses schöne, ehrgeizige, sinnvolle Projekt. Brot für die Hungernden. Nahrung verschenken statt wegwerfen. Die Ressourcen nicht länger unnötig vergeuden. Wie hatte er dafür gekämpft. Und was hatte er Wunderbares erreicht! Da konnte sich manch anderer Verein getrost eine Scheibe von abschneiden. Und …

»Ist Frau Schottmüller auf Ihrem Gelände?«

War das ein Martinshorn, das da im Hintergrund zu hören war? War Charlotte Sänger im Einsatz?

Verwirrt ging Bender ans Fenster seines Büros, sah in den Hof.

»Ja, ihr Wagen steht da, dabei ist heute gar nicht Ausgabetag, wir haben auch nichts reingekriegt …«

***

Regina zog die schwere Metalltür zur Lagerhalle auf. In der Halle brannte Licht, für einen Moment konnte sie die Regale erkennen, in denen sich die Waren stapelten. Konservendosen.

»Jochen?«

Die Tür fiel hallend ins Schloss, gleichzeitig ging das Licht aus.

Nacht, schwarze Nacht.

Regina konnte nichts mehr sehen.

»Hallo? Ist da jemand?«

Sie strengte ihre Ohren an. Vernahm das Geräusch eines Schlüssels, der sich im Schloss drehte.

Eingeschlossen. Jemand hatte sie eingeschlossen.

Angst kroch ihren Rücken hoch.

Reiß dich zusammen, Regina, meine Güte! Du kennst dich doch hier aus. Bist hier zu Hause, hast Heimvorteil. Hundertmal hast du hier die Konserven sortiert, du weißt, wo die Regale stehen, wo der Lichtschalter sitzt.

Der Schalter. Wo ist der Schalter?

Ihre Finger wanderten über den rissigen Beton, fühlten winzige Unebenheiten und kleine Spalten.

Dann schrie sie auf.

Sie hatte den Schalter schon ertastet, als sie einen scharfen Luftzug spürte. Einen Sekundenbruchteil später legte ein wahnsinniger Schmerz ihre Hände lahm. Sie führte sie an den Mund, blies ihren Atem darauf. Wollte ihn wegpusten, den Schmerz, wie ein Kind.

»Nur wir zwei sind hier.«

Trittgeräusche. Fremder Atem. Jemand ergriff ihre schmerzenden Hände.

Regina spürte, wie sie um ihre eigene Achse gedreht wurde, so als sollte ihr davon schwindelig werden. Immer im Kreis herum. Sie tastete um sich.

Etwas fiel rumpelnd zu Boden. Eine Konserve?

Sie spürte ein leichtes Würgen im Hals, hatte einen unangenehmen Geschmack im Mund. Sodbrennen. Ihr

Magen sagte ihr, dass er gleich rebellieren würde. Schwangere haben empfindliche Mägen.

»Wir zwei werden jetzt Blindekuh spielen, das ist ein sehr lustiges Spiel.«

»Blindekuh?«, fragte Regina panisch.

Sie hatte die Stimme erkannt.

»Was soll denn der Blödsinn, Frau Zimmer? Machen Sie doch Licht!« Sie wollte ihre frühere Angestellte auslachen, doch das Lachen blieb ihr im Halse stecken.

»Sehen Sie, das ist genau das, was mich so ärgert: Regina Schottmüller sitzt in meinem Kopf, tagsüber und nachtsüber und im Traum …«

Anne Zimmer sagte das fast belustigt. So als habe sie mit allem Schweren und Traurigen in ihrem Leben abgeschlossen. Als gelte es jetzt nur noch, das Happy End zu genießen.

Das Happy End einer schwarzen Komödie.

»Sie sind ja verrückt! Machen Sie das Licht an!« Regina versuchte, fest zu klingen. Sie musste ihre Angst in den Griff bekommen, das war jetzt das Wichtigste. Doch ihre Angst führte ein Eigenleben. Sie kroch in ihr hoch und breitete sich in ihr aus.

Die Konservendose, die vorhin zu Boden gefallen war, polterte rhythmisch ein Stück weit über den Estrich.

Regina horchte dem Geräusch nach, bis es verhallte.

Eine Weile war es totenstill.

Dann ertönte wieder die Stimme ihrer Mörderin.

»Und Frau Schottmüller?« Anne Zimmer lachte amüsiert auf. »Die erkennt noch nicht mal, wen sie vor sich hat, wenn sie als große Gönnerin bei der Mittagstafel tätig ist und Brosamen an die Armen verteilt. Sind Sie eigentlich blind, oder was?«

»Natürlich habe ich Sie erkannt, ich wollte Ihnen bloß die Peinlichkeit ersparen und ...«

Reden, dachte Regina. Reden hilft. Solange sie mit mir spricht, ist sie abgelenkt.

»Sie wollten *sich* die Peinlichkeit ersparen«, korrigierte Anne schnell. »*Sie* wollten nicht hingucken, obwohl *Sie* Augen haben zu sehen ...«

»Frau Zimmer, ich gebe ja Fehler zu, wir können über alles reden ...«

Während Regina sprach, versuchte sie, den Abstand zu ihrer Peinigerin zu vergrößern. Tappte rückwärts von der Stimme weg. Taumelte gegen ein Regal.

Etwas schlug dumpf auf den Boden. Eine Großpackung Tempos, dem Geräusch nach.

»Und das ist ungerecht! Das ist so verdammt ungerecht!«, schrie die Stimme.

Wieder das Pfeifen in der Luft. Der Blindenstock, natürlich! Regina zuckte zusammen. Doch diesmal blieb der schon erwartete Schmerz aus. Diese Verrückte hatte gar nicht zugeschlagen. Hatte sie nur einen akustischen Vorgeschmack kosten lassen.

Reginas Augen hatten sich an die Dunkelheit gewöhnt. Mittlerweile konnte sie Schemen erkennen. Sah den Schatten, der auf sie zukam.

»Es wird gleich einen kleinen Piks geben«, sagte Anne Zimmer ruhig. Sie klang ganz wie eine Arzthelferin. »Wohin wollen Sie die Spritze haben? In den Arm oder in den Hals? Ich bin kein Unmensch, Sie dürfen mitreden ...«

Sie packte Regina mit einer Hand am Hals, in der anderen hielt sie eine Spritze. Sie ließ die Nadel vor Reginas Augen auf und ab tanzen, damit sie sie besser sehen konnte. Im Dunkeln.

»Ich weiß, dass ich Fehler gemacht habe, ich versteh mich ja selber nicht mehr, aber …« Reginas Stimme zitterte. Sie hatte jetzt nur noch Angst. Sie wagte kaum zu atmen, geschweige denn sich loszureißen. Anne Zimmer hielt die Injektionsnadel jetzt so dicht an ihren Hals … Eine falsche Bewegung, und Anne würde schneller zustechen, als sie fliehen konnte.

»Es ist Ihre Schuld, dass ich kein Kind habe …«, klagte Anne sie an.

»Ich war jung und unerfahren, ich wollte beweisen, dass ich das Geschäft hochbringen kann …«, verteidigte sie sich.

»… dass mein Mann weg ist, dass ich keine Arbeit habe, kein Geld. Alles Ihre Schuld!«

***

Charlotte sprach noch mit Jochen Bender auf dem Handy, als Dellwo mit Blaulicht auf den Hof der Mittagstafel einbog. Bender erwartete sie schon, hastig kam er ihnen auf der Rampe entgegengelaufen, die zum Warenlager führte.

»Sie sind in der Lagerhalle. Aber da ist von innen abgeschlossen, und ich hab keinen Zweitschlüssel.« Bender tastete mit beiden Händen seine Manteltaschen ab, als würde sich dort doch noch ein Schlüssel finden lassen.

»Gibt es Fenster in der Lagerhalle? Hintertüren, Zugänge?«, fragte Dellwo konzentriert und sah sich aufmerksam um.

»Keine Fenster. Aber einen Warenlift. Ist außer Betrieb. Da lang.«

Bender lief voraus, Dellwo und Charlotte folgten ihm

im Laufschritt. Wenig später standen sie vor einer Bretterwand.

»Der Warenlift liegt direkt dahinter, man kann durch den Schacht klettern«, erklärte Bender atemlos.

Dellwo nickte. »Ich brauche einen Hammer, Schraubenschlüssel, irgendwas.«

Jochen Bender zog sein Taschenmesser aus der Hosentasche und gab es Dellwo. Sekunden später regnete es rostige Schrauben, dann entfernten sie zu dritt die Bretter, die sie vom Warenlift trennten.

»Ich gehe!«, sagten Charlotte und Dellwo gleichzeitig.

Dellwo fing einen vielsagenden Blick von Charlotte auf und zögerte. Da drinnen kämpften zwei Frauen erbittert um Leben und Tod. Eine trachtete der anderen nach dem Leben, weil ihr ungeborenes Kind ihretwegen gestorben war. Wenn jemand diese beiden Frauen beschwichtigen konnte, dann war das Charlotte, nicht er.

Er trat zurück und ließ sie in den Schacht steigen.

Die Wagen des SEK rauschten mit Blaulicht auf das Gelände. Im Nu war der Hof voller bewaffneter Sondereinsatzkommandoleute.

Der Einsatzleiter kam auf Dellwo zu.

»Frau Sänger versucht, Kontakt aufzunehmen und sie hinzuhalten«, erklärte ihm Dellwo. »Aufbrechen – solange wir nicht wissen, wo sich die beiden befinden: keine Sprengung!«

»Es ist eine Metalltür«, fügte Jochen Bender hinzu.

***

»Ich verspreche Ihnen, wenn Sie mich am Leben lassen, zahle ich Ihnen eine Rente, ich stelle Sie ein, egal, was.«

Regina Schottmüller hatte Todesangst. Sie wollte weiterleben, alles andere war unwichtig geworden.

»Pscht«, brachte Anne sie zum Schweigen.

»Ich werde mich um Sie kümmern …«

»Halten Sie den Mund!«

»Bitte tun Sie mir nichts, bitte«, flehte Regina, dann ging ihre Stimme in ein Flüstern über. »Ich krieg doch ein Kind. Ich hab mir doch so sehr ein Kind gewünscht!«

»Anne Zimmer? Ich bin's, Charlotte Sänger. Wir haben in Ihrer Wohnung das Zyanid gefunden …«

Charlotte hatte sich ihren Weg durch den Warenaufzug in die Lagerhalle gebahnt. Jetzt konnte sie in dem wenigen Licht, das in den Raum fiel, zwei Gestalten ausmachen. Regina Schottmüller stand buchstäblich mit dem Rücken an der Wand. Anne Zimmer hielt sie in Schach und bedrohte sie. Aber womit? War das eine Spritze, die sie ihr an den Hals hielt?

»Frau Zimmer, haben Sie mich verstanden? Wir haben in Ihrer Wohnung das Zyanid gefunden. Und die Kanülen!«

Ein Konservenregal schepperte. Regina Schottmüller hatte einen Fluchtversuch gewagt, doch Anne hielt sie schon wieder fest.

»Bleiben Sie stehen!«, hörte Charlotte sie sagen. »Oder ich spritze sie ab.«

»Bitte nicht, bitte nicht!« Regina wimmerte jetzt wie ein Kind.

»Stehen bleiben! Ich tu's …« Das war wieder Anne Zimmer.

»Sie ist verrückt!«, rief Regina verzweifelt in Charlottes Richtung. »Sie ist verrückt. Total verrückt!«

»Nein, Frau Schottmüller, Anne Zimmer ist nicht

verrückt. Sie ist verzweifelt und erschöpft. Und sie will das, was alle Menschen wollen, wenn ihnen Unrecht geschehen ist. Sie will Wiedergutmachung.«

Charlotte schlich näher an die Frauen heran.

»Aber ich hab doch gesagt, es tut mir leid«, wiederholte Regina Schottmüller verzweifelt.

»Frau Schottmüller, wissen Sie eigentlich, was Anne Ihnen vorwirft? Was Sie ihr angetan haben?« Charlotte tastete sich vorwärts.

»Ich weiß ja, der Prozess ... Und ich hätte sie gehen lassen müssen, zum Arzt. Es tut mir leid. Ich will ja alles tun ...«

»Hören Sie das, Anne? Sie versteht jetzt, was sie getan hat, damals war sie zu dumm, verstand es nicht besser, aber jetzt ... Sie müssen ihr vergeben! Jeder muss irgendwann vergeben. Sonst schadet er nur sich selbst.«

Charlotte hatte die Frauen beinahe erreicht. »Hören Sie, Anne? Sie müssen ihr verzeihen! Sonst kriegen Sie sie nie aus dem Kopf! Sie werden sie für immer in Ihrem Kopf haben, wenn Sie nicht verzeihen.«

Anne Zimmer antwortete nicht.

Die Metalltür flog auf. Helles Licht drang in den Raum. In dem Licht die Silhouetten von Dellwo und Jochen Bender, die in die Halle stürmten, gedeckt von SEK-Leuten.

Charlotte sah, dass Regina noch an ihrem Platz stand. Zitternd zwar, aber lebendig.

Anne befand sich eine Armlänge von ihr entfernt. Sie saß auf dem Boden, die Beine ausgestreckt, ihr Oberkörper lehnte an der Wand. Charlotte fielen gleich die gebrochenen Augen auf. Intuitiv erfasste sie die Situation, wusste, was geschehen war. Als sie näher trat und sich Anne Zimmer genauer ansah, hatte sie Gewissheit.

Anne hatte sich die Giftspritze, mit der sie Regina Schottmüller bedroht hatte, selbst gesetzt.

Sie war tot.

ZEHN

Charlotte und Dellwo standen im Konferenzraum des Präsidiums am Fenster, Dellwo hielt seinen Kaffeebecher in Händen, Charlotte ihre Teetasse.

»Sie geht mir nicht mehr aus dem Kopf.« Dellwo warf einen Blick in den Märzmorgen.

»Mir auch nicht.« Charlotte blickte in ihre Tasse. »Aber Mechthild Stemmler auch nicht.«

»Und die Kinder schon gar nicht!«, ergänzte Dellwo.

»Was wird aus solchen Kindern?« Charlotte bewegte ihre Tasse leicht hin und her. Eine Blase hatte sich auf der Oberfläche des Tees gebildet und schwamm am Tassenrand entlang. Verliebt, verlobt, verheiratet. Je nachdem, ob die Blase am oberen oder unteren Rand oder an der Seite zur Ruhe kam. Kinderspiele. Genau wie Blindekuh.

»Seine Kindheit kann man sich nicht aussuchen.« Dellwo zuckte die Achseln.

Charlotte fiel auf, wie wenig sie über seine Kindheit wusste. Wie wenig sie ihm von ihrer eigenen erzählt hatte. Dabei wohnte er bei ihr in dem Haus, in dem sie groß geworden war.

Dellwo räusperte sich. »Charlotte?«

»Ja?«

»Hast du eine Ahnung, warum der Stemmler … Ich meine, das Zyanid wird er gegen die Ratten eingesetzt haben. Aber die Spritze …?«

Charlotte lachte leise. »Ich hab auch noch Spritzen zu Hause im Bad. Meine Mutter hatte mal eine Zahnfleischentzündung. Da hat sie sich die Stelle mit Kamillelösung ausgespült. Die Spritzen hat ihr der Zahnarzt mitgegeben. Umsonst.«

»Ih, ist ja eklig!« Dellwo trank seinen Kaffee in einem Zug aus.

Charlotte nickte.

Sie blickte in ihre Tasse. Verliebt, verlobt, verheiratet. Die Blase war geplatzt.

Es war vorbei.

Draußen kam Gröner auf einem Fahrrad angefahren und stellte es umständlich am Fahrradständer ab.

»Hat der den Porsche zu Schrott gefahren?«, witzelte Dellwo.

»Ich glaub eher ...« Charlotte brach ab; Fromm war ins Büro gekommen. Er hatte sein Portemonnaie gezückt und suchte darin nach Scheinen.

»Was, hat Gröner noch mal gesagt, will er für seinen ferngesteuerten Kaffeeroboter haben?«

»Siebenhundertfünfzig«, sagte Charlotte.

»Das ist ja ein richtiges Schnäppchen«, freute sich Fromm. »Wenn man bedenkt, was dieses Teil alles kann!« Und er zählte minutiös auf: »Caffè Latte, Café au Lait, Latte macchiato, Milchkaffee, Kaffee Karamell ...«

»Caramello«, trällerte Ina, die nun auch dazugekommen war. Aus ihrem Mund klang das Wort wie einem italienischen Lied entsprungen.

Fromm drehte sich zu Gröner um, der gerade das Büro betrat. »Sagen wir achthundert, Herr Gröner?«, fragte er und hielt ihm ein Bündel Scheine hin.

Gröner streckte zwar die Hand aus, doch in seinem Gesicht spiegelte sich ungläubiges Staunen.

»Was soll das?« Ratlos schaute er von einem zum anderen. Offenbar traute er Fromm nicht.

»So ‘n Ding haben wir schon lange gebraucht.« Fromm ließ sich seine aufgesetzte Freude nicht nehmen. »Also. Caffè Latte, Milchkaffee … Cappuccino … Was soll’s sein?«

»Schwarz.« Dellwo streckte die Hand vor Gröner aus und grinste.

Die Wette, die er gewonnen hatte, war noch nicht abgegolten. Die Wette um die Beschaffung von Zyanid. Die hatte er gewonnen, keine Frage.

Missmutig legte Gröner ihm zwei der eben erhaltenen Fünfziger in die offene Hand.

Fromm nahm sie Dellwo wortlos wieder ab und gab sie an Gröner zurück. Er stellte eine Tasse in den neuen Kaffeeautomaten der Abteilung, drückte auf den Knopf und schaute fasziniert zu, wie Kaffee in die Tasse floss.

»In meiner Abteilung wird nicht gewettet! Aber feiern kann man ja mal. Auf ein gutes Team!«

Das Erste

Oliver G. Wachlin
BLINDER GLAUBE
Kriminalroman nach der gleichnamigen
ARD-Serie »Tatort«
© Das Erste / Rundfunk Berlin-Brandenburg (rbb)
Agentur: WDR mediagroup licensing GmbH
Nach dem Tatort-Krimi von Andreas Pflüger
Broschur, 160 Seiten
ISBN 978-3-89705-660-2

»Hitverdächtig. Auf die Bestsellerverfilmung folgt nun die Quotenhitverschriftlichung.« tvmedia

Oliver G. Wachlin
TODESSTRAFE
Kriminalroman nach der gleichnamigen
ARD-Serie »Tatort«
© Das Erste / MDR, Lizenz durch Telepool GmbH
Agentur: WDR mediagroup licensing GmbH
Nach dem Tatort-Krimi von Mario Giordano
und Andreas Schlüter
Broschur, 176 Seiten
ISBN 978-3-89705-665-7

»Der gelungene Einstieg eines neuen Teams.«
Kriminalakte

radiobremen

Christoph Ernst
STRAHLENDE ZUKUNFT
Kriminalroman nach der gleichnamigen
ARD-Serie »Tatort«
© Das Erste / Radio Bremen
Agentur: WDR mediagroup licensing GmbH
Nach dem Tatort-Krimi von Christian Jeltsch
Broschur, 160 Seiten
ISBN 978-3-89705-666-4

»Eine spannend präsentierte Story mit Aktualitätsbezug, Action und einem unvorhersehbaren Final-Twist.« www.buchwurm.de

Das Erste

WDR

Martin Schüller
DIE BLUME DES BÖSEN
Kriminalroman nach der gleichnamigen
ARD-Serie »Tatort«
© Das Erste, WDR
Agentur: WDR mediagroup licensing GmbH
Nach dem Tatort-Krimi von Thomas Stiller
Broschur, 160 Seiten
ISBN 978-3-89705-658-9

»Viel mehr als eine bloße Drehbuch-Niederschrift: fesselndes Kopfkino für ›Tatort‹-Fans!« Hörzu

BR

Martin Schüller
A GMAHDE WIESN
Kriminalroman nach der gleichnamigen
ARD-Serie »Tatort«
© Das Erste / BR, Lizenz durch Telepool GmbH
Agentur: WDR mediagroup licensing GmbH
Nach dem Tatort-Krimi von Friedrich Ani
Broschur, 160 Seiten
ISBN 978-3-89705-664-0

»Die Sympathie für die kleinen Leute schimmert in der Romanfassung vielleicht sogar etwas stärker als im Film durch. Ein guter Krimi.« Kriminalakte

SR

Martin Conrath
AUS DER TRAUM ...
Kriminalroman nach der gleichnamigen
ARD-Serie »Tatort«
© Das Erste / Saarländischer Rundfunk
Agentur: WDR mediagroup licensing GmbH
Nach dem Tatort-Krimi von Fred und
Léonie-Claire Breinersdorfer
Broschur, 176 Seiten
ISBN 978-3-89705-661-9

»Die Charaktere werden plastisch gezeichnet.«
Kriminalakte

Das Erste

NDR

Hannes Nygaard
ERNTEDANK
Kriminalroman nach der gleichnamigen
ARD-Serie »Tatort«
© Das Erste / NDR, lizenziert durch Studio Hamburg
Distribution & Marketing GmbH
Agentur: WDR mediagroup licensing GmbH
Nach dem Tatort-Krimi von Angelina Maccarone
Broschur, 176 Seiten
ISBN 978-3-89705-659-6

SWR

Susanne Kraft
SEENOT
Kriminalroman nach der gleichnamigen
ARD-Serie »Tatort«
© Das Erste / Südwestrundfunk (SWR),
lizenziert durch SWR Media Services GmbH
Agentur: WDR mediagroup licensing GmbH
Nach dem Tatort-Krimi von Dorothee Schön
Broschur, 208 Seiten
ISBN 978-3-89705-663-3

SWR

Martin Conrath
VERMISST
Kriminalroman nach der gleichnamigen
ARD-Serie »Tatort«
© Das Erste / Südwestrundfunk (SWR).
lizenziert durch SWR Media Services GmbH
Agentur: WDR mediagroup licensing GmbH
Nach dem Tatort-Krimi von Christoph Darnstädt
Broschur, 160 Seiten
ISBN 978-3-89705-735-7

Das Erste

WDR

Martin Schüller
MOLTKE
Kriminalroman nach der gleichnamigen
ARD-Serie »Tatort«
© Das Erste, WDR
Agentur: WDR mediagroup licensing GmbH
Nach dem Tatort-Krimi von Axel Götz,
Jan Hinter und Thomas Wesskamp
Broschur, 160 Seiten
ISBN 978-3-89705-734-0

WDR

Martin Schüller
TEMPELRÄUBER
Kriminalroman nach der gleichnamigen
ARD-Serie »Tatort«
© Das Erste, WDR
Agentur: WDR mediagroup licensing GmbH
Nach dem Tatort-Krimi von Magnus Vattrodt
Broschur, 160 Seiten
ISBN 978-3-89705-733-3

hr

Uli Aechtner
BEVOR ES DUNKEL WIRD
Kriminalroman nach der gleichnamigen
ARD-Serie »Tatort«
© Das Erste / hr, Frankfurt
© 2009 hrMedia Lizenz- und Verlagsgesellschaft mbH
Agentur: WDR mediagroup licensing GmbH
Nach dem Tatort-Krimi von Henriette Piper
Broschur, 160 Seiten
ISBN 978-3-89705-662-6

Das Erste
tatort
Deutschlands erfolgreichste Krimireihe
Die beliebtesten Ermittler, die besten Fälle
Jetzt überall auf DVD im Handel!
DUISBURG
tatort
SCHIMANSKI-BOX
MÜNSTER
tatort
THIEL/BOERNE-BOX
KIEL
tatort
REIFEZEUGNIS
REGELMÄSSIG NEUE EINZEL-FOLGEN UND BOX-SETS – DAS IDEALE GESCHENK
Ausführliche Infos unter www.tatort.aufdvd.de
© ARD Landesrundfunkanstalten, ORF, SF. Lizenzen durch Bavaria Media GmbH, Degeto Film GmbH, hr Media Lizenz- und Verlagsgesellschaft mbH, rbb media GmbH, Studio Hamburg Distribution & Marketing GmbH, SWR Media Services GmbH, Telepool GmbH und WDR mediagroup licensing GmbH.
BR hr mdr NDR radiobremen rbb SR SWR WDR ORF SF